思い出せない思い出たちが僕らを家族にしてくれる

スズキナオ

新潮社

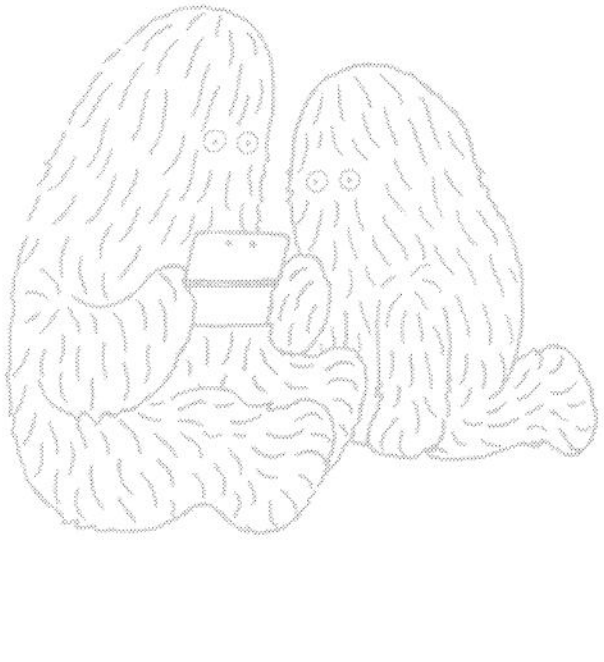

まえがき

ある時、〝父から教わったこと〟というテーマで文章を書いてみようと思ったことがあった。私が幼い頃、父は仕事で忙しくて帰りはいつも遅く、あまり甘えた記憶がない。激しく叱られた覚えもあまりないが、かまわれた覚えもあまりない。とにかく子どもたちに干渉してこない父だった。そんな余裕がなかったのかもしれない。唯一思い出すのがこんな場面だ。

小学生の頃の私は怠け者で、いや、今もそれは変わっていないけど、物事を計画立ててこなしていくのがとにかく苦手だった。そういう子どもが一番困るのは夏休みの宿題だ。計算ドリルも工作も作文も、まったく手をつけぬままに八月末になり、明日から学校が始まるという前の晩になると母に叱られ、呆れられつつ、なんとか頼み込んだ末に全面的な協力を得るのが常だった。

私が泣き顔でドリルだのプリントだのに取り組んでいる間、母には作文を書いてもらう。母は自称〝元・文学少女〟で、若い頃から文章を書くのが好きだったという。そんな母だったので、作文の宿題が出た際はすべて依頼していた。規定の枚数やテーマにあわせて母が原稿用紙に文章を書く。完成した作文は母の文字によるものなので、それをお手本にしながら自分の汚い字で〝清書〟する必要がある。

母の作文を机の左に置き、右に真っ白い原稿用紙を並べて書き写していく。母が書いたものを読んで自分なりにかみ砕くなどということはせず、ただただ何も考えずにひたすら写す。私にとって内容はどうでもよく、とにかくマス目が埋まって先生に提出できるものになりさえすればいいのだ。

「山でセミをつかまえてあそびました。」という一文が左のお手本に書かれていたとしたら、私はそれを見て右の原稿用紙に「山」と書き、またお手本を見て「で」と書き、「セ」「ミ」「を」……と、左見て右見てを繰り返していく。当然だが、こんなやり方では時間がかかって仕方ない。なんとも苦痛な単純作業だった。するとある時、いつの間にか横にいて私の様子を眺めていたらしき父が「五文字ぐらいずつ、覚えてから書け」と、ボソッとつぶやくように言ったのだった。

「山でセミを」「つかまえて」「あそびました。」と書いてみると、おお、本当だ。さっきより少し速い！　私は驚いた。要領の悪すぎる子どもと、それに対してなんとも素朴過ぎるアドバイスをする父。今思い返してみれば〝バカ親子〟というフレーズが浮かぶ滑稽な場面だが、父の言葉は新鮮な驚きとともに私の記憶に刻まれ、それ以来、〝父から教わったこと〟としてたびたび思い返されることになった。

五文字ぐらいずつ覚えてから書くようになった私は、それからも母の書いた文章をまるごと書き写し続けた。作文の宿題とは私にとって自分の考えを文章にまとめるというような作業ではなく、母の書いた文字をどれだけさっさと書き写し終えられるかを試されるものであった。中学生になってもそれは続いていたのだが、中学二年生か三年生の時、そうやって書き写した作文が学内のコンクールで優秀作として選出され、全校生徒の前で朗読することになった。

国語の先生が私のもとにやってきて「あの作文をみんなの前で読んでもらいたい」と告げた時、私はクラクラするほど動揺した。そんなこと、できるわけがない。そもそも私は気が小さくて、とても人前に立つことができるような子どもではなかった。仲のいい友達と一緒にいる時だけは調子に乗ってはしゃぐことがあったが、自分の感情を表現するのが下手で、かなり内向的な方だったと思う。親密な関係の中でしか自分を表現できない内弁慶タイプだったのだ。そんな私が中学校の全校生徒の前で壇上に一人立つというハードルを乗り越えた上、自分の中からでてきた言葉でもなく、母が書いたものを丸写ししただけの作文を読む……。想像しただけでゾッとする、悪夢のようなおそろしい話だ。絶対に無理。

当然辞退したが、なぜか国語の先生はその後も数日にわたって何度も私に「考え直すように」と言ってくる。そんなことをするぐらいなら学校をやめてしまいたいと思ったほどだったが、母からも「読めばいいだけ。すぐ終わる」とか「選ばれたんだから仕方ない」と諭され、「そもそも丸写ししたお前が悪い」と言われれば返す言葉もなく、最終的には「ご褒美に好きなCDを買ってやるから」という思わぬ報酬を提示されてマイクの前に立つことになった。

四百～五百人はいたかと思われる全校生徒を前にして足が震え、声がかすれたが、なんとか自分の足で立ち、書かれた文字にすがるようにして朗読を続けていると、一ヶ所ドッと大きな笑いが起きた部分があり、すべて読み終えて役目を果たした後で「ふーん。みんなに通用するほど面白い作文だったんだな」と母に対して感心したことを覚えている。

そんなことがあって以来、私は母の作文を書き写すのをやめ、自分で文章を書くようになった。今まで自分で書くということをまったくしてこなかった私の作文は、その後、二度と優秀作には選ばれなかった。

ゴーストライターを頼んでいた当時のことを最近になって改めて母に聞いてみた。それによると、私一人の時はまだマシで、二人の妹たちが小学校に上がってからはそっちの作文も書かなければならなくなったためにかなり多忙だったという。三人分の作文をそれぞれの年齢やテーマにあわせて書き分ける。ちょっとした売れっ子作家のような気分だったそうだ。

そんな思い出話を実家で聞いていると、缶ビールを飲みながら横で聞いていた父が「俺だって小説書いたことあるよ」とつぶやく。十代か二十代か、若い頃に書いたというのだ。父は文学というものとはまったく無縁に見える人で、小説など読んでいる姿を見たことがない。

昔から東海林さだおのコラムの愛読者だし、週刊誌は買って読んでいるから活字が嫌いというわけではないのだろうが、小説を書きそうには到底思えないのである。だからきっと冗談だと思うのだが、「嘘じゃない。『青春の光と影』というタイトル。力作だったね。あれは」とまで言うから案外本当なのかもしれない。「なんだそのキザなタイトル！」と笑いながら私もグラスを傾ける。

小説が書かれた原稿用紙が山形の父の実家か東京か、今でもどこかに残っているかもしれないと聞き、その小説が「伝説の作家の幻の作品」といったイメージで私の頭の中に存在し始めた。いつかふいに、タンスの奥からでもそれが見つかったなら、私たち家族にとってそれは世紀の発見のようなものだ。たとえ内容がどんなにつまらなかったとしても、まだ見ぬ父の姿がそこにありそうで、私はどんな話題作よりも、その幻の小説を読む日を心待ちにしているのである。

ずっと同じ家の中で過ごしてきた家族。よく知っているようでいながら、実は知らないことばかりの存在。自分が妻と子どもとともに東京を離れて数年経って四十代に差しかかったこと、突然現れたウイルスによっていつ何がどうなるかわからない状況に置かれていたこと、理由やきっかけは一つではなく絡まりあっているが、私は今、家族のことを知りたい、わかりたいと思っている。

思い出せない思い出たちが僕らを家族にしてくれる　目次

装画　小林マキ

思い出せない思い出たちが僕らを家族にしてくれる

1　いつの間にか引き継いでいたわが家の味

大阪で暮らしているが、たこ焼きをそれほど食べたことがない。もちろん、大阪名物として広く認知されているのも知っているし、町を歩けばたこ焼きを売る店があちこちで目に入る。たまに食べれば美味しいなと思うのだが、日常の中にたこ焼きを食べるタイミングが見つからないのだ。

大阪で生まれ育った友達が以前、「大阪人にとったら、たこ焼きは特別な食べ物でもないんです。チェーン店のをおやつがわりに食べたり、自分たちで作ってタコパ（たこ焼きパーティー）したりするものですよ」と言っていた。だから外から大阪に遊びに来た人に「どこのたこ焼きが美味しいですか？」などと聞かれると答えに困るのだという。

そう聞いて以来、東京の友人が大阪に観光にやってきて、「たこ焼きのおすすめある？」と私に聞いてきた時は「大阪人にとってたこ焼きってすごく身近なもので、おすすめとかって感じでもなくてー」と、受け売りのフレーズで対応することにしている。実際、たこ焼きについて語ることなど私には不可能なのだ。ついでに言えば、お好み焼きもあまり食べない。「コナモンの町」みたいに言われることもある大阪に住んでおきながら、たこ焼きもお好み焼きも年に一回か二回、食べるかどうかという感じだ。

そのかわり、私が頻繁に食べているのがもんじゃ焼きである。店で食べるのではなく、家で作る。ホットプレートで調理し、家族みんなで突っついて食べるのだ。わが家の二人の子どもたちはあまり食に執着がない方で、私が割と頑張って作った料理にほとんど箸をつけてくれなかったりもするのだが、もんじゃ焼きだけは喜んで食べる。家で食べるから〝家もんじゃ〟と呼んでいる。

レシピは非常にシンプルでラフ。薄力粉五十グラムに対して水が五百ミリリットルというのが基本で、その量を家族の食欲に合わせて二倍にしたり三倍にしたりしてもんじゃ焼きのタレというか、ベースの部分を作る。薄力粉をしっかり水と混ぜ合わせたら、そこにウスターソースと白だし、醤油、みりん、塩コショウなどを適当に、味を見ながら加えていく。まあ、味が薄ければ後で調味料を加えたっていいのでここは雑でいい。

とにかくそれが用意できたら、キャベツを細かく刻む。四人家族のわが家では、一回のもんじゃ焼きでキャベツ一玉を食べる。子どもたちがそんなに野菜を食べてくれることは滅多にないから貴重な機会だ。キャベツを丸ごと、できるだけ細かく刻んでいく。もんじゃ焼きを作る時、一番面倒なのがこの作業だ。去年、手動のスライサーを友人に勧められて買ってみたところ、かなり楽になった。

そこまでできたら、後はもう簡単。豚肉や鶏肉、コーン、しゃぶしゃぶ用にあらかじめ薄くスライスされたお餅など、定番の具材を用意してホットプレートで細かく切ったキャベツと一緒に炒めていく。適当なタイミングでタレを加え、火が通ったらたっぷりのベビースターラーメンとチーズをかけ、各自が勝手にすくって食べる。鉄板の隅にできたカリカリのおこげはいつも奪い合いになる。まるで駄菓子のような人なつっこさもありつつ、たっぷり入ったキャベツが甘みを、溶けたチーズが旨みを加えてくれる。あっさりめの味に仕上げるのがコツで、その方が後を引き、大量に切ったキャベツがすっかりなくなるまでだらだらと食べ続けてしまう。

大阪出身の妻にとって、もんじゃ焼きは大人になるまで未知の食べ物だったという。特にお好み焼き文化が歴史的にも深く浸透している大阪にあっては、もんじゃ焼きというとコナモンの中の邪道的なイメージで捉えられることが多く、「あんなベシャベシャの気色悪いもん、食べれるかいな」という風に断言する人も割と多い。実際、私の妻もかつては「ちょっと気味の悪い食べ物だ」と思っていたという（とはいえ、大阪を歩いていてもんじゃ焼きの専門店を見かけることもよくあるし、そのような偏見は一昔前よりはだいぶなくなっていると思う）。

「自分がこんなにもんじゃ焼き食べることになるなんて思わんかったわ」と妻は言う。「お好み焼きより食べごたえが軽いから、今はむしろもんじゃ焼きの方が好きやな」とのことで、そう聞くとなんだか嬉しくもある。しかしまあ、家族がホットプレートの上のぐちゃっとした食べ物を突《つっ》き合っているのを見ていると「私たちは一体何を食べているんだろう」と不思議になる瞬間が今もたまにあるが……。

もんじゃ焼きとカレー鍋

私が東京の実家から大阪へと引き継いだ料理が二つあって、一つがもんじゃ焼き、もう一つがカレー鍋だ。

私の実家では、ホットプレートか電気式の鍋がドーンと食卓の中央にあって、家族がそこに向かって箸を伸ばすという食事の風景がやけに多かったように思う。いや、実際は母なりに手をかけた料理を毎日用意してくれていたんだろうけど、子どもの頃の私はとにかく好き嫌いが多く、食べることに興味も薄かったのだ。そのかわりアイスが大好きで、偏食のせいで体はひょろひょろと細かった。両親と一緒に山形に帰省すると、親戚たちに「ナオはガリガリ君ばっかり食べてっからそんなにガリガリなんだずー」とからかわれたものだ。

そんな私が実家の食べ物として例外的に好きで食べていたのがもんじゃ焼きとカレー鍋だった……と、それは記憶を綺麗に整え過ぎている気もする。母の手料理にも好きなものはたくさんあったが、もんじゃ焼きとカレー鍋だけは自分でもマネできそうだったというだけかもしれない。

先日、仕事で東京へ行く機会があり、ついでに実家に立ち寄った。朝から冷え込んだ一日だったので、事前に母に「できたらカレー鍋が食べたいな」とリクエストしておいた。夕方頃、久々に実家のあるマンションの部屋に上がり込むと、食卓にはすでに鍋が用意されており、仕事から帰って寝巻きに着替えた父の姿もあった。

父はグラスに注いだビールを、私は缶チューハイを飲みながら、鍋の中身をそれぞれの器によそって食べる。しばらくして「これ、もうドサッとでいいよね」と具材を一気に鍋に追加した母に対し、父が「もうちょっと中身をさらってからだろう。順番ってものがあるんだから」と言い、「じゃあもう任せる！　全部自分でやって！」と小競り合いが始まる。この何百回と見てきた実家の定番的な流れもまた、久しぶりに目の当たりにすれば味わい深いものである。

実家のカレー鍋は、昆布で出汁をとったところにカレールーを適量溶き、みりんや酒を加えて味付けし、そこに肉や野菜やキノコを入れていくというもの。最近でこそスーパーなどでも出来合いのカレー鍋スープが売られていたりするが、うちでは二十年、三十年も前から食べていた気がする。「このカレー鍋って、なんでやり出したの？」と私がたずねると、グラスのビールを飲み干し、父が口を開いた。

思い出の味の、思いがけない過去

「浅草にアニマル浜口のかあちゃんがやってる居酒屋があってね、そこで食ってきたんだよ。飲み屋なんだけど、アニマル浜口がよく食べてたっていうカレー鍋が名物でね」

「え！　アニマル浜口？」と驚いた。ここでそんな名前が飛び出してくるとは予想だにしなかった。

父に詳しく聞いてみたところによると、かつて浅草にアニマル浜口の奥さんがやっている「香寿美」という居酒屋があり、そこにアニマル浜口の考案した「カレーちゃんこ」というメニューがあって人気だったらしい。父がその店に飲みに行き、すっかり気に入って家でも見よう見まねで作るようになったのが始まりだというのだ。父はその後も近所の行きつけの飲み屋の店主などに「カレー鍋っていうのがあって結構うまいんだよ」などと言ったりして地道に布教活動を続けて来たという。「今、カレー鍋が当たり前になったのは俺の力も大きいんだ」と言うので鼻で笑ってしまったが、しかしまあ、私自身が今もカレー鍋を作り続けている以上、その布教活動もまったくの無駄ではなかったわけだ。

目の前でグツグツと煮え、湯気を立てている鍋を見つめる。香辛料の香りと出汁の匂いが混ざり合い、部屋に漂っている。この匂いが広がると「ここが自分の居場所だ」という気がする。思いがけない過去を持ったカレー鍋よ。改めてその味わいを確かめるように食べてみると、私が大阪で作って食べているものとかなり違っているのに気づく。父が（勝手に）アニマル浜口氏から受け継いだカレー鍋はザクッと切ったキャベツを入れ、鶏団子には粗くみじん切りにしたレンコンを加えて歯ごたえを出し、タラや牡蠣などの魚介類を入れることもあるという。

そこからさらに私が孫引きしたカレー鍋は、キャベツではなく白菜を入れ、豚肉とシンプルな鶏団子、油揚げも定番の具材になる。味の決め手はなんといってもささがきごぼうで、これがないと全体の風味が引き締まらない。実家のカレー鍋をおたまで掬っても一向にごぼうが見当たらないので、「あれ？　ごぼうは絶対入れるんじゃないっけ？」と聞くと「ごぼうは入れないよ」と母。私は本当にこの家からカレー鍋を受け継いだんだろうか……。

不安になってきたついでに私はさらに両親に聞いた。「じゃあ、もんじゃ焼きは？　あれもよくうちでやってたけど、どこかから教わったの？」と。すると母から「あれはね、風子《ふうこ》が小学校の時、料理クラブで習ってきて作り出したの」と、これもまた私にとっては驚きの答えが返ってきた。風子、つまり私の上の妹が小学四年生の時に「料理クラブ」というクラブ活動の時間に教わって、そのレシピを家に持ち帰ったのが始まりだったという。まさか、そんな風に伝来したものだったなんて。妹がそのクラブに入らなければ、また、クラブで教わるメニューが別のものになっていれば、自分の人生を共に歩んできた〝家もんじゃ〟はなかったのだ。そう考えると不思議な気持ちになってくる。

たんぽぽの綿毛のように

ここ最近、人が生きていく時間と食べることとの切り離しようのない結びつきを感じさせてくれる本を立て続けに読んだ。石牟礼道子『食べごしらえ　おままごと』と平松洋子『父のビスコ』だ。

熊本県天草市に生まれた石牟礼道子は、新鮮な魚を酢でしめた「ぶえんずし」の作り方を父から教わった時のことを〝三枚に下ろしたとき、身の割れない平鯖を使わなくてはならないと言い、この時の振り塩は必ず焼かないといけない。塩を焼くのは、魚の生臭みをよりよく抜くためだ、と言った。〃と回想する。

岡山県倉敷市に生まれた平松洋子は、家庭それぞれの味がある郷土料理の「祭りずし(ばらずし)」について〃わが家の場合はこんなふうだ。酢〆の魚。殻ごとゆでた海老。たれ焼きの穴子。煮いか。煮含めた干ししいたけ。干瓢。高野豆腐。れんこん。さやえんどう。錦糸玉子。〃とその具材のひとつひとつを思い起こす。

どちらの本も、食の記憶が、過ぎていく時間、そこにいた人々の濃厚な気配とともに書き留められていて、その背後に途方もない広がりを感じさせてくれる。食べ物の話であり、人間の生き死にの話でもある。

それに比べた時のわが家のカレー鍋ともんじゃ焼きの頼りなさよ……。

私が「実家の味」というイメージで大阪へ持っていった料理はどちらも、どこかから、それこそたんぽぽの綿毛が風に飛ぶようにして偶然やってきたものだった。少し情けなくもあるが、まあ、人から人へ伝わっていく料理の中には案外そんな風に、確かな根拠など持たないものだって多くあるのかもしれない。

最後にこれだけは両親に確認しておきたかった。ホットプレートを囲むもんじゃ焼きにしても、電気鍋を囲むカレー鍋にしても、一つのものをみんなで分け合うスタイルの食事が私の実家に多かったのは、もしかすると、山形から東京にポツンと出てきた父と母が、家族の連帯感みたいなものを求めていたからじゃないか。

特に共通の話題などなくても、一つの食べ物を分け合うという行為には、人間同士のつながりを感じさせるものがある。私がもんじゃ焼きやカレー鍋をマネして作り続けているのも、それらを家族の楽しい食卓というものの原風景として感じているからではないかと、そんな気がしたのである。

我ながらなんとも妙な質問だと思いつつも、「うちが鍋とか鉄板とかでよく食事してたのって、家族で向かい合って食事したいとか、そういう気持ちがあったからなの?」と、父にとも母にともなく聞いてみる。

しばらく沈黙の時が流れた。先ほどからずっとテレビに映し出されているバラエティ番組の笑い声が響くのみである。かなり長い間があって父がぼそっと言った。「いや……ただ、楽だからだよ。そもそも俺、もんじゃ焼きって好きじゃないよ」

身も蓋もないその回答にガクッと体の力が抜けるのを感じつつも、同時になんだか痛快な気もした。この格好のつかなさこそ、わが実家らしいとも思える。

息子たちが「実家の味」を再現する時

数日後、大阪に帰った私はホットプレートでもんじゃ焼きを作っていた。ベシャベシャの食べ物を、妻と子どもたちがハフハフ言いつつ口に運んでいる。

「うちで食べるごはんで、これが出てくる日はうれしいっていうもの、ある?」と子どもたちに向かって聞いてみると「もんじゃ!」と次男が、「俺ももんじゃ! 鍋はあんまりやけど、カレー味ならあり」と長男が答える。

いつか彼らが、この家で食べたものをそれぞれの居場所で再現する時が来るんだろうか。ふらふらと飛んだたんぽぽの綿毛がそこまでたどり着き、思いがけぬ場所に花を咲かせたりするだろうか。

そんな時のことを想像すると、いつもはちょっとケチに使っているベビースターラーメンとチーズを、今日ぐらいは山ほど振りかけてやってもいいような気がしてくるのである。

2　いつまで経っても慣れないこと

住まいのある大阪から小一時間ほど電車に乗り、私は神戸・須磨の海辺に来た。時おり吹く風に秋の涼しさが感じられる、海遊びのシーズンをとうに過ぎた九月末だが、砂浜には思いがけず多くの人の姿があった。

スマホを手に、様々なポーズで自撮りを繰り返している女性たち、突堤《とってい》に立って釣り糸を垂らしている二人組、砂浜にビニールシートを敷いて横たわる男女、日に焼けた上半身をあらわにしてビーチバレーに興じる男性たち。Tシャツ姿で海に飛び込んではしゃいでいる一団も見える。目の前の情景を眺めていれば、まだまだ夏が続いているような気になる。

海に突き出した堤防の段差に私は腰を下ろし、缶チューハイを飲みながら広い景色を眺めている。私のすぐそばに四歳か五歳ぐらいの男の子が歩いてきて、「波ってどこから来るのん?」と、父親らしき人にたずねた。「波はね、世界中から来るよ」と、答える声が聞こえた。

私は以前、この海に二人の子どもを連れてきた時のことを思い出した。上の息子が七歳で、下の息子が五歳だったか。二人ともプールが好きでよく泳ぎに行っていたが、海で泳いだ経験がなかった。プールで泳ぐのとはまた違う海水浴ならではの楽しみを知って欲しいと思い、夏休みのよく晴れた日に三人で須磨までやってきた。海に入った子どもたちは次々に寄せてくる波の力強さにびっくりして歓声とも悲鳴ともつかない声をあげ、それに慣れてからは水中メガネをつけて海の底をのぞいたり、両手で砂をすくいとっては指の隙間からこぼしたりなどして遊んでいた。

しかし海から上がると二人とも「ベタベタして嫌や」「水が目に入ったから痛い」と口々に文句ばかりを並べたて、砂浜に置いておいたリュックをあけて、楽しみにしていたおやつのグミが日差しの熱ですっかり溶けてベトベトになっているのに気づくとついに泣きだした。「にぎにぎおすしやさんグミ」という商品名のそれは、マグロやイカを模したグミと、シャリに見立てたグミとを重ねてお寿司のようにして食べるもので、子どもたちのお気に入りだったのだが、溶けたグミがケースにひっついて離れなくなってしまっている。

二人の様子がなんとも哀れに思えた私は、海の家で有料のシャワーを浴びさせた後、近くのコンビニで新しいグミを彼らに買い与え、さらに大阪に戻って近所の寿司屋に入り、本物のお寿司を食べた。マグロの寿司が大好きな上の子に「グミより美味しいでしょ?」と聞くと、「どっちも美味しいからどっちも好きや」と、そんな答えが返ってきたのを覚えている。

それから五年が経ち、私は上の子を「久しぶりに須磨の海に行こうよ」と誘ってみた。しかし子どもは手に持ったニンテンドースイッチの画面から視線を外すことなく「行かん」と言って首を横に振る。「ジュースとかお菓子も買ってあげるよ。そんなに遠くないし」と、しばらく食い下がって誘い続けたが、「行かん。ゆっくりしたい」とのこと。「そうか。じゃあ行ってくるわ」と告げ、そして私は一人で海辺にいる。

怒り方がわからない

一ヶ月ほど前のことだったろうか、夜十時を過ぎ、いつもなら眠る時間なのに上の子が居間のテレビでＹｏｕＴｕｂｅの動画を見ていた。「もう寝る時間だよ」と声をかけ、しばらく台所で食器を洗って居間に戻ってみると、息子はさっきの姿勢のまま動画を見続けている。「寝る時間！　ＹｏｕＴｕｂｅはいつでも見れるのになんでこんな時間まで見てるの。早く消して！」と今度は少し強めに言った。息子は返事をせず、ちょっとオーバーな動きでリモコンを操作して電源を切って立ち上がった。そして自分の部屋へと戻る際、「あんたにはわかんねーよ」と、小さな声で言い残して行った。

今まで息子にそのようなことを言われたことのなかった私は動揺し、体がギュッと縮こまるような気がした。息子の部屋へ向かって行ってドアを開け「今なんて言った？」と声を出したが、返事はなかった。何か言葉を続けなければ、と胸にせり上がってくるような重苦しさを感じ、私は「あんたって言ったよな。なめんなよ」と言った。そんな言葉が自分の中から出てきたことに私自身が驚き、気まずくなってその場を離れた。

それからずっと気持ちが落ち着かず、普段からよくＬＩＮＥで連絡を取り合っている友人に、さっき起きたことのあらましを伝えてみた。友人は「お、反抗期ですか！」とすぐに返事をくれ、私の発言について「いや、それにしても、なめんなよって（笑）」と書く。そう言われると改めて恥ずかしくなり、耳が熱くなるのを感じた。だいぶ昔に読んだツッパリ漫画で目にしたような、あまりにもダサいフレーズである。生まれてこのかた、一度も口に出したことのないそんな言葉が、なぜかあの時、咄嗟に出た。

他人に対して自分の気持ちを素直に表現するということをせずに私は生きてきた。軋轢を生みそうなことは避け、面倒な争いへと発展しそうな気配を感じればすぐに逃げ去るというのが私の身の守り方だった。そうやってずるく生きてきたから、大事な場面でうまく思いを伝えることができない。

妻と結婚するだいぶ前、ふとしたことからケンカになり、そこで妻が「ちゃんと怒れないの？」と言いながら傍らに置いてあった私のリュックを開け、中身を床にぶちまけたことがあった。「こんなことされても怒れないでしょ？　ほら、怒ってみなよ」と彼女は言い、追い込まれた私はどんな言葉も思い浮かばず、「キェー！」と甲高い声を上げたのだった。一瞬の間があって、彼女は「わはは！　なにそれ！」と大笑いし、腰が抜けたように床に座り込んだ私も徐々に笑いが込み上げてきた。「だって怒り方、知らないんだもん」と私は言い、二人ともそれから長い間笑いが収まらなかった。

あの時、息子に対してどんなことを言うべきだったのだろうと、私はずっと考えていた。

ふとした瞬間に息子の言葉が頭をよぎり、それに対する自分の態度が思い返され、なんとも情けない気持ちになるのだった。

とにかく確かなのは、私は息子のことが好きで、本当はちょっとぐらい遅くまでＹｏｕＴｕｂｅを見ていようがそんなことはまったくどうでもいいということだった。私自身、子どもの頃は夜更かしばかりしていたし、「ゲームは一時間まで」という親との約束をいつも簡単に破っていた。息子は子どもの頃の私に比べてかなり行儀がいい方である。だから、「まあ気持ちはわかるけど、明日も学校だし、早く寝ないと授業中に眠くて困るかもしれないよ」と、できればそんな風に伝えたいのに、そこからかけ離れた高圧的な態度を取ってしまった。私が部屋のドアを開けた時、息子はベッドの上でタオルケットをかぶり、こちらに背を向けて丸くなっていた。ここ数年で身長もだいぶ伸び、丸めた体にも大人とあまり変わらぬような体積がある。そこに自分とは違う一人の人間がいる、という感じがした。

息子とうまく話せるかわからないし、謝るべきことをどのように謝るべきなのかも私にはわからないが、とにかく二人でどこかへ出かけて時間を過ごしたいと思って海に誘ってみたのだ。海だけでなく、週末が来るたびに近所の川まで散歩しないかと誘ってみたり、動物園にでも行ってみないかと聞いてみたりしたが、残念ながら返事はいつも同じだった。

親と子の関係は簡単なものではない。私の友人に話を聞いただけでも、子どもの頃から親とずっと仲が良いなんていうことは稀だとわかる。なんらかの形で親から理不尽な圧力をかけられていたり、目まぐるしく変わる機嫌に振り回されるうち、親に対する不信感が決定的になってしまったという友人もいる。そしてもちろん、そういった大きな理由がなくても、多くの人にとって、親の存在が疎ましくなる時期は当たり前のようにある。

親の存在がなんだか面倒くさい時

私はいわゆる反抗期というものが自分には無かったと思っている。親に対して攻撃的な態度を取ったことも、取りたいと思った記憶もない。ただ、それでも、同じ空間で暮らす親という存在がなんとなく息苦しいものに思え、自分一人の時間を積極的に求めた時期はあった。親と会話するのが面倒に思え、話しかけられてもろくに返事をしないようなこともあった気がする。

小学校の高学年から高校まで、つまり十代のはじめから終わり近くまでの自分は親にとってどんな風に見えていたのだろうか。自分が息子との関係性について考えることになって初めて、私はそんなことが気になり始めた。

母親に電話をかけ、近況報告をしあった後、「俺って反抗期みたいな時期、あったかな?」と唐突に切り出してみる。すると母は「反抗期? どうかなぁ。もう親の言いなりにはならない時期なんだなと感じたことはあった。でもそんなに困って手に余るようなことはなかった気がするな」と言う。「だよね。親に反発を感じた記憶があんまりないんだよな」と私は少し安心したのだが、続けて母が「私が知り合いの家にみんなで泊まりに行こうって誘ったら、一人で留守番するから行かないって拒否された時があったな」と言うのを聞いて答えに困った。海への誘いを息子に断られたのとなんら変わらないではないか。私は自分がしてきたのと同じようなことを息子にされて落ち込んでいるのだった。

黙っている私に対し、母は「小学校の時は先生から呼び出されたことは何度かあったけどねぇ……」と、当時の記憶を少しずつ思い返すように語った。

私が仲良くしていた同級生グループの間で小型のナイフを持つことが流行し、私も感化されてナイフを買ったところ、先生にそれが見つかり「小学生がそんなものを持ってはいけない！」と親も含めて一斉に呼び出された時のこと。通学路の途中にある公園の壁に私がチョークで落書きをしたのが明るみに出て呼び出された時のこと。

それらを聞き、私はますます黙るしかなくなった。もし自分の子どもが今そんなことをして学校に呼び出されたとしたら、私はどれだけうろたえることだろうか……。「まあ、とにかくあんまり親に反抗したことはないと思うよ。うちはなんせ、妹たちが激しかったからね」と母が言い、その話はそこまでになった。

私には三歳下と四歳下の妹二人がいる。いつまでも幼い頃のイメージが重なって見える二人も、すでに三十代後半である。彼女たちに反抗期があったかどうかなんて考えたこともなかった。この際だから、妹たちにも若かりし日々のことを回想してもらおう。妹たちと作っているLINEグループに、「親に対しての反抗期ってあったかな？　何か覚えてることってないかな？」と質問を投げかけてみる。すぐに二人から返事があり、私のまったく知らない妹たちのかつての心の内が明らかになった。

上の妹が大人への反発を初めて感じたのは中学一年生の時のことだったという。妹はある日、所属していたクラブの部室で先輩からお菓子をもらって食べた。給食以外の食べ物を校内で食べることは校則で禁じられていたのだが、「内緒ね！」と先輩が言うので安心してお菓子を受け取った。しかし、そのことを告げ口した誰かがいたようで、職員室に呼び出され、教師に頬を平手打ちされた。理由を聞かれることすらなく、いきなり引っぱたかれたことにショックを受けた妹は、大人に対して心を閉ざすようになった。それを聞いた私は「え、そんなことがあったの！」と驚いた。いつも明るく振る舞って友達も多く、兄妹の中で誰よりも学校生活を楽しんでいるように見えていた妹だったから、なんだか意外なことに思えた。「あれで一気に荒れたわ」と語る妹は、教師たちに対してだけでなく、親にもわざと乱暴で激しい言葉を使うようにしていたという。そうやって大人への反発を明確に態度で示すことにより、自分の心のバランスを保とうとしたのだろう。

彼女のそんな態度に強く影響されたのが下の妹だった。姉の乱暴な言葉遣いをマネするようになると、ある時、父に「親に向かってその口のきき方はなんだ！」と大きな声で叱られた。それがきっかけとなり、父親と言葉を交わすのが嫌でたまらなくなり、その態度がますます父を憤らせた。次第に「私は父に憎まれている」と感じるようになり、その存在に恐怖すら感じるようになってしまったという。言われてみればある時期、下の妹と父との間には常に冷ややかな距離感があったような気もする。妹がそこまで強く父に反発していたのに、私はまったくそのことを知らなかった。よっぽど鈍感だったのだろうか。それとも私は私で自分のことに精一杯だったのだろうか。二人の関係は簡単には修復できないものとなり、ようやくまともにやり取りできるようになったのは大学へ進学して一人暮らしを始めてからのことだった。

とにかく、それから月日が経って二人の妹はそれぞれに子どもを持つ親となった。上の妹の娘は小学校中学年でまさに反抗期を迎えているそうだ。妹は「親である自分は矛盾と理不尽のかたまりだ」と強く実感しているという。娘が部屋を散らかすのを見て、「部屋の隅に物を積み重ねて置くこと！」と整頓方法を教えたが、読んだマンガがうず高く積まれてあるのを見て「なんでも積み重ねればいいってもんじゃない！」と叱ると「お母さんがこうしろって言ったんじゃん！」と言い返された。妹は「確かにそれもそうだ……」と二の句が継げなかったという。

「親にならなければ親の気持ちはわからない」と、そういう言葉はよく聞くし、ある程度は真実であると思う。私自身、親になってやっとわかったことが本当に数多くある。しかし、「親と子の関係はそうやって繰り返していくものなのだ」と開き直ってしまわず、息子の心に寄り添える親でありたいとも私は思う。そのような関係を作るのは簡単なことではないのかもしれないが、あきらめないでいたい。

3　旅に出た日が遠くなっても

先日、京都の河原町近くにある「礫礫《たくたく》」というライブハウスで「キセル」のライブを見た。キセルは京都出身の兄弟がやっているバンドで、一九九九年に結成されている。私はその翌年にリリースされた『ニジムタイヨウ』というミニアルバムを御茶ノ水のCDショップで試聴して買い、気に入って繰り返し聴くようになった。それ以来のファンだから、もう二十年以上もその活動を追い続けていることになる。

キセルの音楽はなんというジャンルに区分されるのだろう。ロックという感じでもないし、ポップスというのも違うような気がする。もちろん、普段の私は「キセルはこういうジャンルである」なんて意識することもなく聴いている。攻撃的な音楽ではなく、たゆたうような心地よさ、牧歌的な味わいがあって、聴いていると気持ちが穏やかになる。あくまで心は落ち着いたまま、遠いどこかへイメージが飛躍していくような、そんな音楽だと思う。

会場の「礫礫」は最大で三百五十人が収容できるという中規模のライブハウスだが、コロナ対策もあって、入場者数を減らし、ゆったり間隔を空けて椅子が置かれていた。私を含めた観客たちはみなその椅子から立ち上がることなく、ステージ上だけがぼんやりと照らされた空間で終始静かに耳を傾けている。久しぶりに見たワンマンライブで演奏された曲の中には、普段のライブではあまり演奏されないものもあった。その一つが『君と旅』という曲で、目を閉じて聴いているうちに懐かしい風景が脳裏に浮かんだ。

私と妻が結婚する前だから、十五年以上も昔か。夜中にファミレスかどこかで話していて盛り上がり、「このまま旅に出たいね」とどちらからともなく言い出したことがあった。二人ともまだ若くて体力があったから、本当に寝ずにそのまま出発した。始発に近い早朝の電車に乗り、新幹線で東京から京都まで向かうことにした。

私も妻もキセルのファンで、その突発的な旅は『君と旅』の歌詞の「始発過ぎの列車に乗って旅に出ませんか」「動き出せばしめたもんだ僕らのもんさ」というフレーズを真似してのことだった。今思えばずいぶんロマンチックで恥ずかしいが、まるで『君と旅』が自分たちの旅のテーマソングであるかのような気になって、私は鼻歌を歌いながら歩いた。

京都駅で下車し、妻が学生時代に一人暮らしをしていたアパートの周りを散歩した。アパートのすぐ近くにある三十三間堂の前を通り、妻のお気に入りの場所だという、通り過ぎる電車を見下ろすことのできる陸橋へ案内してもらった。すぐ真下にいくつもの線路が延び、少し待っているとそこを電車が走り抜けていく。ちょっと怖くなるほどの迫力があって、散歩のついでによくここでぼーっとしていたという妻がかっこよく思えた。

私と妻が出会ったのは妻が東京に出て会社勤めをしてからのことで、学生時代のことは私のまったく知らない過去だった。だから、歩き慣れた様子で京都の町を案内してくれる彼女の背中を眺めつつ、自分には知り得ない過去の時間があることが少し悔しいような、嫉妬にも似た気持ちを感じたのを覚えている。

その頃はまさか東京を離れて大阪で暮らす未来が待っているなんて想像もできなかった。ふらっとライブを見に行けるぐらいに京都との距離は近くなったが、あの、始発過ぎの電車に乗って京都へ向かった時に見た風景や、そこで妻と交わした言葉は、今では手の届かないほどに遠いものに思える。

親と仕事をする、ということ

素晴らしいライブの余韻に浸りながら帰宅し、用事があってライブを見に行くことのできなかった妻に「『君と旅』もやってたよ!」と自慢した。「いいなぁ。キセル元気そうやった?」「元気そうだったし、いいライブだった。昔の曲もアレンジを変えてやってて……」と私はライブの感想をまくし立てるように伝え、話の終わりに「しかし兄弟で二十何年も同じバンドをやってるなんてすごいよな」と言った。すると妻は「うん。でもそれゆったら私だって親と仕事してるしな」と言う。

私たちが大阪に越して以来、妻は母と一緒に働いている。義母は大阪市内で幼稚園を経営していて、妻はそこで働きつつ、将来自分がその仕事を継ぐための経験を積んでいるのだ。

もともと妻は自分の興味のある美術系の分野で仕事をしたくて東京へやってきた。そこで私と出会い、紆余曲折があった後、今また大阪に戻って自分の母と一緒に働いているのである。それは妻にとっても、想像だにしなかったことらしい。

「うちの家族はお互いドライやから、そんなにベタベタしてないねん。とりあえず元気らしいなら、あんまり顔を合わせんくてもいい。ずっとそんな感じやから母と働くなんて思ってなかったわ」と妻は語る。

同じ職場に自分の家族がいて毎日顔を合わせるというのはどんな感覚なのか、聞いてみると「いいところも悪いところもある感じやな。親やからっていうので言いやすいこともあるし、融通もきくけど、でも家族だからこそイライラすることもあるからなぁ」とのこと。

私は家族と同じ場で一緒に仕事をするなんてまったく考えられない。いや、正確にはかつて、そんな可能性を想像したこともあったのだが、どうしても私には向かないと思ったのだった。

私の父は山形から上京して呉服業に就き、後に独立して七十を過ぎた今も自分が興《おこ》した会社の社長として仕事をしている。定職に就かずに生活していた二十代の一時期、私はよく父の仕事を手伝っていた。手伝いといっても、まさに雑用といった作業ばかりで、父が呉服の展示会を開く際に着物の詰まった段ボールを運んだり片付けたり、設営を手伝ってくれている父の仕事仲間たちがお昼に食べるおにぎりやお茶を買いに行ったり、そんなものである。

あの頃、父は私が自分の仕事を継ぐことになるかもしれないと考え、少しでもその業界に触れさせようとしたのだと思う。実際、父の仕事仲間から「継ぐ気はないの？　やりがいのある仕事だと思うよ」と言われたことが何度もあり、そのたびに私は「面白そうだとは思うんですけど、でも、ねえ」などと煮え切らない返事をしてお茶を濁していた。

父が仕事を長く続けることができたのは、人付き合いが大好きでお調子者として振る舞うのが得意な本人の性質に依るところが大きいのだと、私はいつも感じていた。父だからこそできる仕事であって、私がその役割をそっくり受け継げるわけがない。何より、親と同じ空間で同じ仕事をしていくということが、私にはどうしても現実的に考えられないのであった。その頃のことを思い返すと、自分は父の期待を裏切ってしまったんだろうな、と後ろめたい気持ちが今でも込み上げる。

「何やってんだろう俺」時代

私はその後ＩＴ企業に就職し、会社にまったく寄与しないダメ社員として勤めを続けた。そもそも私にやる気がないのが一番の要因だったが、会社から求められる役割が徐々に大きくなっていくのについていけず、結局、三十代の中頃に辞めることになった。

その頃、これからの生活について毎日のように妻と話し合った。家には幼い子どもがおり、私が会社勤めで得た給与で暮らしていたのだから、この決断は重大なものである。私一人ならまだしも、家族という集団としてこの先どうやって生きていこうか。

妻は以前から私の様子を見て「今の仕事を一生続けていく気はないやろ？」と言っていた。傍目にも不向きな仕事に見えたのだろう。「お父さんの仕事を真剣に手伝わせてもらうならこのまま東京で暮らすし、それができないなら、大阪に引っ越して私が働く！」と妻は言い、私は悩みながら過ごした。

改めて父に頼み込み、一から仕事を教えてもらおうかと自分勝手に想像したが、やはり私には無理だと思った。

会社勤めをしながらたまにアルバイト感覚でＷＥＢサイトにコラムを書いていた私は、その類の仕事をもっと増やしていけないかと考えた。拠点を大阪に移し、主たる収入は妻の仕事に頼るという、今思えばずいぶん楽観的過ぎる展望だったが、私たち家族が選んだのはその道だった。

いざ大阪に引っ越してきてみると、知り合いもほとんどおらず、仕事もまったくないという肩身の狭い日々が続いた。いきなり「フリーライター始めました！」と自分だけが気持ちを切り替えたところで、仕事が来るようになるわけなどない。妻の稼ぎに頼って無為な日々を送っていただけだった。東京の友人たちにそんな現状を伝えると、「それってただのヒモじゃん！」とよく笑われた。

当初は「まあ、なんらかの才能はあるんちゃう？　そのうちなんとかなるやろ」と言ってくれていた妻だったが、仕事もせずにゴロゴロしている私を見ていると、徐々にいら立ちが募ってくるようであった。

私は私で「これでよかったのだろうか」と後ろ向きに考えてばかりで、「会社を辞めなくてもよかったのでは」「そもそも父の仕事を継いでおくべきだったのでは」と今さらなことを思っては落ち込んでいた。憂さ晴らしに酒を飲みに行きたいが、妻に「お金をください」とは言いづらい。仕方ないので東京から捨てられずに持ってきた本やマンガを古本屋へ持っていき、ほんの少しの金銭を得て安酒場を探し歩く。絵に描いたような「何やってんだろう俺」状態。

家に帰って求人サイトで大阪の仕事を探しては、その条件の厳しさにため息が漏れる。無理矢理雇ってもらったとしても「自分、こんなこともできへんの？」などと、関西弁で怒られ続けたら、大阪そのものが嫌いになってしまいそうである。

自分の考えは甘すぎたと痛感する。その頃の自分と妻との関係はかなり悪化しており、常にギスギスしていたと、今になって思う。その後、本当に少しずつだが私の仕事が増え、また、子どもたちが大きくなってだいぶ手がかからなくなったのもあり、多少は余裕ができるようになった。

同じ年月を生きてきたはずなのに

午前零時過ぎ、子どもたちが眠った後、私は居間の床に座り込んで妻の足の裏を揉んでいる。インターネットで調べた足のツボをグイグイと押しながらその日に起きたことや今後の予定について話し合うのが最近の二人の習慣になっている。

私の取り組んでいる仕事について話した流れで、当時の家庭の状態について妻と振り返ってみる。「あの頃に比べたら今はまだ定期的にライターの仕事があるから、それだけでありがたいよ」「まあ、そうやな」「肩身が狭かったな。まあ今もまだまだ収入は少ないけど……」と、自分から話を切り出しておいて私はすぐに口ごもった。

「お互いやりたいことができてなかったからな。それが辛かったわ。でも私は別に大阪でどこかの会社に就職して欲しいと思ってはいなかったで。文章書く仕事がしたいって言うのにさ、特に売り込むとかなく、何もしないし、そこは腹立ったな。やりたいことができるチャンスなんやから、もっとがんばりいやって。っていうか子どもが生まれたら、私は母親になってしまうねん。産んだ人はその時点で人生が変わってしまうのに、そっちはずっと大学生みたいやん」と妻の話は徐々にヒートアップして止まらなくなった。「女の人だけ変わらないといけないの、おかしくない？　そっちも親になってよって思う」「うんうん。……親ね。親」「体操着にゼッケン縫いつけるとか、お弁当作るとか、ノートとか鉛筆が足りなくないか聞いて買ってくるとか、全部私やん」「うん。うんうん……」

出会ったばかりの頃、彼女は「団体行動が苦手や」と言っていて、私もそうだったから、「わかるよー」と共感を覚えた。妻は絵を描くのが好きで、大学を卒業後に美術系の技術を学べる専門学校に通い、その後もデザイン関連の仕事をしていた。自分でも「めっちゃ文化系の人生やで」と言う妻である。

それが今は長男と次男がバスケットボールに熱を上げているために、そのサポートに追われる日々だ。中学生の長男はバスケットボールのクラブチームに所属していて、毎日のように練習している。もう一人、小学生の次男は学校のミニバスケットボール部に入って、こちらも頻繁に練習がある。どちらにもそれぞれ保護者の集まりがあり、連絡を取り合いながら細かな事柄を確認し合ったり、決定したりしている。

保護者同士の気を遣いながらの付き合いもあるし、遠方のチームと練習試合があれば平日でも週末でも付き添っていく必要がある。予定が合えば私がその役割を担当することもあるが、中心になっているのは妻である。

「ママ友とかと毎日連絡取るとかさ、それも体育会系の部でやで。スポーツに関わるとか、そんなことを自分がやるって思わんかったわ」と語る妻は、たしかに団体行動が苦手で、私と同じ、いわゆる文化系の趣味を持っている人であるのに違いないのだ。

しかし、妻は常にその時々の状況に合わせて対応し、変化している。同じ年月を生きてきたはずなのに、私だけが妻の言う通り、まるで学生気分のままでいるように思えてくる。

「ママ友の中にも気が合う人はいるし、子ども関係なく友達になれる人もいるんよね。苦手意識があったけど、入ってしまえば楽しいところもある」と、妻が言う。

妻と自分の関係にしても、父とのそれにしても、私はいつも深いところに踏み込むのを避け、何かあれば逃げ出してしまえるような距離を保ち続けてきてしまったのではないかと思う。軋轢の生まれない、安全な距離感。それは相手を失望させる危険性が少ないかわりに、大きく自分を変える必要もない、ずるい距離でもある。

私は一歩踏み込むことができずに、ずっとその場所から、妻や父の姿を、自分には無い力を持った崇高な存在として眺めているばかりだ。「偉いなーと思うよ」と言う私に、妻は「そうでしょうね」と表情を変えずにつぶやく。「まあでも、そっちは私にできないことをやってるやろ?」

明日、焼肉行かない?

日曜の朝、最近買ったという黒いワンピースを着た妻が鏡を見ながら、「なあ、靴、白と黒、どっちがいいと思う?」と聞いてくる。「白かな。いや、だからこそ逆に黒もありか」と私。その言葉には返事をせず、妻は黒い方のサンダルを手に取って玄関に置いた。「今日は今から宝塚を観て、午後からバスケの付き添いやで。予定がぎっちりや。でも、ちゃんとこなせるところが偉くない? 観劇とバスケ両方いける服って難しいねん」と言いながら、ドアを開けて外に出ていった。ドアが閉まり、私一人が残される。

その夜、いつものように足を揉みながら妻と話す。「今日めっちゃいい席で何回も目が合ったわ!」「バスケは今日負けた。体育館がめっちゃ暑かったわ。痛っ! 足が疲れてるな、やっぱり」と、そんな話を聞いた後、「明日、焼肉行かない?」と言ってみる。「この前の原稿料でおごる!」「いいけどなんで? 急に」と妻は怪訝な顔をする。「いきなりそういう日があってもいいじゃん」と言う私は、頭の中にキセルの『君と旅』のメロディを思い浮かべている。

ずいぶん長い月日が経ってしまった気がするが、勢いで旅に出た朝の続きに、この時間はあるのだ。

4　父のへべれけ〝酒道〟十ヶ条

大阪に住む私の家に、東京から父が訪ねてきた。京都へ出張の用があるとのことで、その前日に来て一泊していったのだった。夕方、近所の焼肉屋で一緒に食事をして、家に戻って缶ビールや焼酎の水割りを飲んで、近況についてお互いボソボソと語り合い、朝起きると父は出ていった。たったそれだけの時間だったが、「じいじ」と呼んで父になついている私の子どもたちもふいの訪問を喜んだし、私も久々に父の元気そうな姿を見ることができて安心した。

その父が帰り際にカバンから取り出し「あ、そうだ。これお前に。よく読んで、参考にして」と手渡してきたのが、クリアファイルに挟まったB5サイズの紙だった。一枚目の上の方には「〝酒道〟十ヶ条（草案）」とタイトルらしきものが書き込まれ、その下に「グチを言うな」「人にからむな」「自慢話をするな」など、酒を飲む時のマナーとして心得るべき（と父が思っている）ことが並んでいる。

おそらく、父がどこかの居酒屋かあるいは自分の会社の事務所で、飲み仲間と酒を酌み交わしながらたわむれに書いたものだと思われる。「自分の量を知れ」「途中で寝るな」「大きな声を出すな」……などと続き、数えてみると全部で十五個もある。「十ヶ条」と銘打っておきながら十を超えてしまっているところからしてすでに、だいぶ酔いながら書いたものらしいことが伝わってくる。まるで重要な書類でも手渡すかのような真顔の父を前に「一体これをなんの参考にしろというのか……」と静かな笑いが込み上げてきたが、しかし、確かに父はことあるごとに〝酒道〟という、決して辞書には載っていないような言葉を口にして「茶道と同じで、酒の飲み方には作法がある」などと言うのだった。

「酒の場」の原風景

高校卒業と同時に山形から上京して呉服業界に飛び込み、寝る間も惜しんで仕事漬けの日々を送ってきたという父は「とにかく酒を飲むのが仕事だった」という。取引先の人々と少しでも多く酒の場を共にする。そこで顔を覚えてもらう。そうやってつきあいを増やしてこれまでやってきたという。父にとって、仕事において最も重要なのは人間関係であり、円滑な関係を作り出すために酒は無くてはならないものなのだ。

父は七十過ぎで、きっと十代の終わりから酒を飲んでいたんだろうから、もう五十年以上も飲み続けているわけだ。今でも家族で集まればへべれけになるまで酒を飲んでいて、本当にタフだなと思う。父と比べると私はだいぶ酒が弱く、一緒に飲むとすぐに酔い潰れてしまう。私の母はほとんどアルコールを受け付けない体質だから、半分ぐらいそっちに引っ張られたのかもしれない。酔っ払ってグダグダになった私の様子を見て「お前はまだまだ修行が足りない。酒道というのは……」とその道の指南が始まるのが常だ。

父方の親戚は揃いも揃って酒好きで、そしてどんなに飲んでもなかなか酔い潰れるということがない猛者ばかりだ。私が子どもの頃、山形に帰省すると、大人たちは毎晩宴会をしていた。亡くなった祖父もその頃はまだまだ元気で、伯父と父と、近所に住む伯父の飲み仲間たちまで混ざって、畳敷きの広間で夕方から延々酒を飲み続ける。寿司桶がテーブルの上にドーンと置かれ、その周りには山菜だの青菜漬けだの、山形らしいアテが並ぶ。瓶ビールが空になればすぐにかわりが運ばれてきて、一升瓶の日本酒や焼酎があっちへこっちへと酌み交わされる。酔っ払った大人たちはみな気が大きくなって、私や歳の近いいとこたちにお小遣いをジャンジャンはずんでくれた。物置にしまってあるパターゴルフの練習マットを誰かが持ってきて部屋に広げ「よし！　一発で入ったらご褒美だ！」と五千円札や一万円札が惜しげもなく賞金として提供されるのだった。今考えるとあれは教育的にどうなんだろう。いや、むしろ「大人は酒を飲むとめちゃくちゃになるらしい」ということを幼い頃から学ばされてきたともいえるか。

無駄な時間の繰り返し

酒を飲んでだらしなくなる大人たちの姿を嫌というほど見てきたにもかかわらず、私も気づけばその親戚たちとの宴会で酒を飲む側になっていた。そしてそっち側へ足を踏み入れてみてようやくわかることもあった。要するに、親戚同士がたまに集まったって、酒を飲むことぐらいしかすることがないのだ。父方の親戚たちはみな口下手で、自分の気持ちを言葉で表現することを照れくさいと思うような人々に見える。私がまさにそのタイプで、シラフで親戚たちと向き合っても、何を話していいものかといつも困ってしまう。そうして黙り込んでいると誰からともなく「まあ、飲むべ」と言い出し、瓶ビールなり日本酒なりを台所から運んでくるのだ。

そして杯を重ねるうちにようやく開放的な気持ちになり、「今年もみんなで集まって飲めてよかったなぁ」「本当だなぁ」と語り合っているうちに夜が更けていく。いつだってその繰り返しだ。見る人が見れば「まったく無駄な時間」とも思えるであろうこの繰り返しの時間が、しかし私は好きである。山形まで行って親戚たちと飲み交わす機会はせいぜい年に一回か二回あるかないかだ。その都度ふらふらになるまで酒を飲んで過ごすという行為自体は相変わらずなものだが、当然のことながら時間は一方向に進んでいく。宴が繰り返される中で祖父も祖母もこの世を去り、幼かった従甥《いとこおい》や従姪《いとこめい》がグングン身長を伸ばし、そのかわりに伯父も父も順調に老人めいてきて、いとこたちの髪がすっかり薄くなり、私も気づけばもう中年だ。集まって酒を飲むという場だけが変わらずにあり、参加メンバーの顔ぶれや顔つきは徐々に変化していく。止めようのない時間の流れの中にいるということをひしひしと感じ、少なくとも酒を飲んでいるうちだけは「それはそれで仕方ないことだ」と乾いた諦めの境地に達している。

たとえばある時、お盆の墓参りに行った後の宴会では、まだ生きていた祖父に対して「さっき、ずんつぁ（じいちゃんの意）も一緒に墓さ埋めてくればよかったんだず」と父や伯父が言い、そう言われた祖父自身も「んだず。葬式の手間が省けるっだな」と言って笑う。目の前にいる人の、いずれ来るであろう死ですら笑ってしまえるようなシニカルなユーモアが私にはたまらなく魅力的に思えた。この先、人生に起こるかもしれないどんな悲しい出来事も、親戚の集まる酒の場では一つの思い出として笑い飛ばされるのだ。そう思うとなんだか前向きな気持ちになる。いつからか私の理想の人生の終え方のイメージが「親戚たちが酒を飲み交わす賑やかな声が隣から聞こえる中で穏やかに死んでいくこと」になったほどである。

ある時の宴会では、父が冷蔵庫から卵を一つ持ってきてマジックでその表面に矢印を書き、それを小皿の上で回し始めた。矢印が向いた場所に座っている人が一杯酒を飲まなければいけないというルールらしい。チャラい学生サークルの新歓コンパかと思われるような、絶対にマネしたくない飲み方に、親戚たちがいつの間にか熱中している。当然のようにみんな普段のペースを超えて飲むことになり、悪酔いした親戚が廊下ですっ転んだりして、無意味こここに極まれりという感じだった。私もそこに参加させられ、翌朝から猛烈な二日酔いが長く尾を引いて、その後一ヶ月ぐらい酒など見たくもない状態が続いた。

しかしそれでも、楽しげに酒を飲む大人たちを見て育っていくうち、私にとって、酒を飲むということは辛いことばかりの人生における逃げ場のようなものとして認識されるようになった。真似事のように酒を飲んでいたら、いつしか居酒屋通いが趣味のようになり、ライターをなりわいにしてからは酒場を取材して文章を書くまでになった。酒に強いわけでもなく、また美酒に詳しいわけでもないのにおこがましいと思いつつ、「酒場ライター」などという肩書きで仕事をすることすらあるのだから不思議なものだ。

父が呉服関係の仕事仲間と酒を飲む席に何度か同席させてもらったことがある。そういう場で遠巻きに見る父の姿は普段家庭で見るものとは違い、ずいぶんと饒舌でお調子者に見えた。そこに集まって酒を飲んでいる父の飲み仲間たちもみなユーモラスで、バカバカしいことばかり言って笑い合っている。もちろんそれぞれに商売上の課題を抱えていたりするのだろうけど、少なくとも今だけはそのことを忘れ、「困ったなぁ、明日は朝早いんだ」「じゃあもう朝まで飲んでそのまま行けばいいよ」「それもそうだ！　じゃあおかわり！」などと見栄を張り、その場のノリが現実の苦難を吹き飛ばすかのようだ。中には大病をして最近まで入院していたという人もいて、「手術明けの酒が一番うまい」などとうそぶいている。

どことなく山形の親戚たちの酒の雰囲気に似ている、と思った。ひょっとして父は親戚たちとの宴会のような場を、山形から東京に出てきて自分なりに作ろうとしたのかもしれないと感じた。抗いようのない人生の悲哀を笑い飛ばすため、繰り返し繰り返し酒を飲んでは酔っている。それは父にとって生きていくために必要な時間であり、それが酒を飲む意味なのだろう。

親子で〝酒道〟に向き合って

父が突然大阪にやってきてから数ヶ月後、新型コロナウイルスの感染者数がじわじわ増えつつある状況の中、不安を感じながらも今度は私が東京へ行く機会があった。仕事の用を兼ねてのことでもあったが、末の妹の、生まれたばかりの子どもの顔を見に行こうという目的もあった。両親と妹、妹の子どもたちが集まり、お互い一応気を遣って距離を取り、マスクをしながら酒を飲んだ。妹の夫、私にとっての義弟が日本酒好きなのをいいことに、父はいつも以上のペースで嬉しそうにグイグイとグラスを傾けている。

数時間後、退屈した子どもたちが外で遊びたいと言い出したので、みんなで近所の公園まで歩いた。木登りが好きだという姪っ子がいつの間にか園内の木に登っていて、父がそれを追うようにしてよじ登っていった。姪っ子と父はしばらく二人で木の上にたたずんでいたが、いざ降りようとすると、予想以上に高く感じられるらしかった。

姪っ子は抱え下ろせるからいいとして、問題は父だ。ほろ酔い状態の高齢者が木から飛び降りる……嫌な予感しかしない。それほどの高さでないのは私の位置から見ても確かなのだが、とはいえ着地に失敗して頭を打ったりすれば大事に至るかもしれないと不安になった。私もやはり酔っていたのだろう、とっさに「これは私が受け止めるしかない」と考えた。

私が下で腕を広げ、父が木から飛び降りた。しかし父は私より身長が高くて体格もいい方で、その勢いは私一人で受け止め切れるようなものではなかった。父の体が私にぶつかり、支えようとした私が倒れ、私に覆いかぶさるようにして父が倒れ、という一連の動きがすべてスローモーションのように感じられた。私は地面に激しく体を打ち付けながら、しかし父が頭を打ったりしていないことだけは視界の隅に収め、半ば安心しながら倒れ込んだ。

そばにいた妹が「何！　大丈夫？　どうしたの！」と驚いて叫ぶ。おそるおそる体を起こすと、幸い、腕も足もいつも通り動かすことができた。「もう！　二人ともバカじゃない？やめてよぉ」と妹が呆れ果てた声を出し、それを聞いてようやく笑いが込み上げてきた。

その夜、私は自分が見たスローモーションのような映像を寝床で何度も思い返し、「あれで済んでよかった」と改めて思った。あんなところでケガをしたら、いや、ケガで済めばまだいい方で、頭を打ってどちらかが死んだりしたら、あまりに間抜け過ぎる。本当によかった……と神に感謝したいような気持ちになりつつ、酒に酔って後先考えず木に登ってしまう父も、それを受け止め切れず転倒する私も、〝酒道〟の達成からほど遠い場所にいることだけは確かだなと思えてくるのだった。

5　最初で最後の義父との夜

義理の父に初めて会ったのは十五年ほど前のことだった。後に妻となる人と東京・豊島区のアパートで結婚を前提とした同棲生活を始めることになり、事前に挨拶をしておこうという話になった。

妻の実家は大阪にあるので、東京駅から新幹線に乗って向かった。「うちのお父さん、ちょっと面倒なところがあんねん……とにかくニコニコして適当に相づちを打っておけばいいから」とそのように何度も言い聞かされていた。交際相手の親に会うなんて生まれて初めての経験だ。ただでさえ緊張するところにどうやら面倒な人らしいと聞き、私は重圧に押しつぶされそうになっていた。テレビドラマに出てくるいかにも紋切り型の場面のように「どこの馬の骨かもわからないようなやつがうちの娘と暮らすなんて、許さん！」と平手打ちでも食らうのではないか。手まではあげられないにしても、「職業は？」「将来の展望は？」などと色々質問されたとしたら、うまく答えられる自信はなかった。当時の私はアルバイトから契約社員に登用してもらった会社で新しい仕事を覚えるのに必死で、元のフリーターにいつ戻るともわからないような状況だったから、実際、「馬の骨」に違いなかったのだ。

大阪駅からほど近い場所にある料理屋を妻の両親が予約してくれており、そこで妻の妹たちも含めて一緒に食事をすることになった。私はいつも通りの歩き方を忘れてしまうほど緊張していたが、妻の両親は二人とも穏やかそうな人に見え、まずはその雰囲気に安心した。面倒だと聞かされていた妻の父もそんな風に感じられるところはまったくなく、私がグラスに注いだビールを飲みながら「僕も転勤して長いこと東京で働いていたんですわ」と、にこやかに昔話を聞かせてくれた。お酒は好きだがそんなに強くはないそうで、すぐ顔が真っ赤になった。肝心の同棲の件については、「一緒に住んで、その先はどうするつもりですか？」と聞かれ、「結婚するつもりです」と私が答えると「はいはい、それならよろしく。少々、面倒なところのある娘ですけどよろしくお願いします」と向こうが頭を下げ、慌てて私も頭を下げて、それで終わりだった。お互いがお互いを「面倒だ」と言っているところが面白いと思った。妻は私が義父の話を聞いて相づちを打っている様子をみて安心したそうで、あとはお任せとばかりに妹たちと話し込んでいた。

人気者の「大阪のお父さん」

それから数年後に私は妻と結婚し、真っ赤な顔でビールを飲んでいた人が義理の父となった。私たち夫婦はお互いに大勢の人を招いて披露宴をするようなことには不向きだと思っていたから、婚姻届を役所に提出しただけであとは以前と変わらない日々を送っていた。しかし私の親戚たちから「親戚がみんなで集まれるような機会ぐらいは作って欲しい」という声があがり、だいぶ気後れしたが、山形市内に小さな会場を借り、親戚を集めてちょっとしたパーティーをすることになった。私の家族や山形にいる親戚たちが二十人ほど集まったところに、大阪から妻の両親や妹たちも参加してくれた。

その宴の席で義父は親戚たちと瓶ビールを注ぎあって談笑し、私の父と一緒にカラオケをデュエットした。『ふるさとのはなしをしよう』という、〝浪花のモーツァルト〟の異名をとる作曲家キダ・タローが作って、北原謙二という歌手が歌った昭和の名曲を歌っていて、この場にふさわしい、いい歌だなと思った。「大阪のお父さん、面白い人だなぁ」と山形の親戚たちが口々に言い、なんだか私は鼻が高いような不思議な気分を味わったものだ。

しゃべるのが好きで、冗談を言っては大声で笑う。明るくて親しみやすい印象の義父だったが、私の妻にとってはずっと苦手な相手であり続けたそうだ。聞くところによると、幼少期からとにかく頭ごなしに叱られることが多かったという。例えば妻が小学生だった頃の話。子ども部屋でマンガを読んでいると、同じ部屋にいた兄に理不尽なことを言われてケンカになった。「もういい！」と涙を浮かべながら子ども部屋を出ていったところ、義父が「お兄ちゃんが寝るのを邪魔したんか！」と怒鳴って彼女を平手打ちしたという。当時、妻の兄は中学受験を控えて勉強をしなければいけない時期で、「そんな大事な時にケンカなんかして、けしからん！」と義父は怒ったのだろうが、妻にすれば兄の邪魔などする気はなく、むしろ静かにマンガを読んでいた時間を台無しにされた側だったのだ。それを、義父は何も聞かずにただ叱りつけたそうなのだ。妻いわくそれはいつものことで、義父はカッと頭に血がのぼったら、子どもたちの説明に耳を傾けることはなかった。「じっくり話を聞いたら私が悪くないことがすぐわかるのに、絶対にそうせえへんねんな」と、妻は今その時のことを思い出しても悔しいのだという。

その一方で、機嫌のいい時はよく子どもたちを遊びに連れて行ってくれた。家族旅行も頻繁にしていた方だったというから、子どもに対する愛情も当然あったのだろう。しかし、最初は楽しい旅行でも、必ずどこかのタイミングで義父が激昂し、そこからは重苦しい時間が続く。張り詰めたような空気の中で家族みんなが黙り込むたびに、妻は「やっぱり来るんじゃなかった……」と思ったそうだ。

幼少の頃から義父が自分の言葉に耳を貸してくれないことに慣れていたから、妻は叱られてもとにかくその場をやり過ごすために自分の主張は心の奥に押し込めるようになった。そのせいか、義父に対して大声で文句を言っている夢を頻繁に見た。現実の世界で妻が義父に自分の感情をぶつけるようなことはほとんどなかったが、夢の中では全力で食ってかかった。小学校を卒業するあたりから二十代の終わり頃まで、そのような夢を見続けていたという。

自分の思いをずっと抑圧されてきた妻の気持ちを想像すると、どれだけの虚しさや寂しさを感じたことだろうと不憫になるが、少なくとも私が見てきた義父は〝社交的で愛嬌のあるおじさん〟であった。「外面がいいねん。八方美人なところがあるから」と妻は言う。「そうかぁ。自分の子どもたちに見せる顔はまた違うのかな」「そうやで。ずっと一緒におったらそのうち嫌でもわかるわ」と、そう聞くと私はかえって義父とじっくり話をしてみたいと思うのだった。

さばの棒ずしの思い出

結婚から数年して妻と一緒に大阪の実家に帰省した際、思い切って義父を飲みに誘ってみた。妻の実家の近くに天満《てんま》という町がある。天満には全長が二キロメートル以上にもなる天神橋筋商店街というアーケードの商店街があって、延々と続くその商店街沿いにも、脇の入り組んだ路地にも飲食店がひしめいている。その活気あふれる商店街周辺の雰囲気が好きになった私は、大阪に来るたびに天満で飲み歩いていた。そんなハシゴ酒の過程でふらっと立ち寄り、値段の割に美味しいつまみが気に入った立ち飲み屋に義父と一緒に飲みに行くことにした。今思えば、ちょっと緊張する相手との飲みの場にいきなり立ち飲み屋を選ぶなんて大胆だった。コース料理が出るような店を前もって予約しておくぐらいでなければ失礼だったのかもしれないが、行き慣れた立ち飲み屋の方がざっくばらんに話せそうな気がしたのだ。大阪の町に、私なりに好きな店を見つけたということを義父に認めて欲しいような思いもあった。

そうして義父と私は、十人も入れば満席になりそうな小さな立ち飲み屋で、二人用のテーブルを挟んで向かい合って乾杯することになった。夕方の早い時間だったからか客はまばらで、静かな店内だ。瓶ビールの大瓶を注文してグラスに注ぎ合い、壁のメニューを一緒に見上げていくつかの料理を注文した。慣れない相手と慣れない場で飲むという機会に義父も困惑していたと思うが、それでもあれこれと言葉を交わしながら一緒の時間を過ごした。私が案内したその店について、これまでこういった店で酒を飲むことはあまりなかったらしい義父は「ははあ、酒も料理も安いしうまいし、こんなええ店があるんですなぁ」と感心した様子で言い、私はそれを聞いて体中の筋肉の緊張がすーっとほどけていくように感じたのを覚えている。酔いが進むと義父は、私の妻が幼かった頃のことを思い返しながら「勉強教えてもなかなか伝わらんかったり、まあ、色々ケンカしましたわ」と言う。どう反応したものかと私が困っていると、「気難しい娘やからね。まあ、せやから、我慢してください」と、くしゃっと顔をゆがめて笑った。

店の名物だという「さばの棒ずし」を注文すると、義父はその味が気に入ったようで「これはええ味ですわ！　そこら辺の店よりよっぽどええ味や。娘に食べさせてやりたい。喜ぶと思いますわ」としきりに褒めた。そして体を急に厨房の方に向けたかと思うと「ちょっとお兄さん、この棒ずし、すごく美味しいのでね。持ち帰りたいんやけど、包んでもろてもいいですか？」とよく通る声で言い、ずっしりと重たそうなビニール袋を提げて帰っていった。

その日が義父と二人きりで酒を飲んだ最初で最後の機会になった。その後、私は東京の仕事を辞めて大阪に引っ越すことになり、妻の実家の近くで生活し始めた。近所を歩いていて義父の姿を見かけることもよくあって、そのたびに声はかけ合うのだったが、それ以上に話し込むようなタイミングはなかなか訪れなかった。また二人で酒を飲みながら話したいという思いはあったが、思い切りがつかず、「またいつかチャンスがあるだろう」とたかをくっていた。

そうしているうち、近所で目にする義父の体が少しやつれて見えるようになったかと思うと、日に日に瘦せていくのがわかった。妻に聞くところによると、めっきり食が細くなってしまったらしい。妻をはじめとした子どもたちも義母もその体調を心配していたが、義父は頑固一徹という感じで、病院へ行くこともしなかったという。

恰幅のよかった義父が別人のように小さくなってしまったのを見ると、私は今さら「飲みにいきましょう」などとのん気に声をかける気にもなれず、ただただ遠くから眺めていることしかできなかった。

枕元を家族で囲んで

ある日、義父が倒れ、病院に運ばれたという知らせがあった。意識もない状態だが、本人の体力次第では持ち直す可能性もあるという。家族が声をかけ続けた方が意識が戻りやすいという医師の助言もあり、義母や義妹がかわるがわる病院へ行って付き添っているらしかった。

義父が倒れてから二日が経った夜、妻がお見舞いに行くというので私も同席させてもらうことにした。タクシーに乗ってたどり着いた大きな病院の上階の個室に、人工呼吸器をつけた義父が横たわっている。変わり果てたように痩せた姿は痛々しかったが、同時に強い意志を感じさせた。「私は自分が思うように生きてきた」というメッセージを全身で発しているようにも思えた。

そばに付き添っていた義兄が「ちょっと前から急に呼吸が浅くなってきてん」と言いながら義父の手をさすっている。ベッドの脇には医療ドラマや映画で見るような心電図のモニターが置かれていて、どうやらそこに現れている数値もよくないのだそうだ。しばらくして病室にやってきた若い看護師がモニターをチェックし、「ここからは徐々に呼吸が低下していくかと思います」と告げて出ていった。

ドラマの中なら泣いてすがったりする場面に思えるが、家族たちはみな割と落ち着いていて「お父さん、お父さん」と手をさすったり声をかけたりしながらも、「大きい病院やね」「ここまでタクシーで来たん？」「うん、駅からちょっと歩くっていうから」と普通のトーンで会話したりもしていて、私はこれが現実というものか、と思った。みんなが枕元でいつも通りに話し合っている中で、義父の呼吸は徐々に途切れがちになり、最後にはモニターに表示された線がピーッと真っ直ぐになった。まさか義父が目の前で亡くなるなんて思いもせず、あくまでお見舞いのつもりで病院へやってきた私は、夢を見ているような気持ちになった。時計を確かめてみると、家を出てからまだ一時間ほどしか経っていないのだった。

その後、別室に呼ばれ、医師から今後の流れについての説明があった。これから亡くなった義父の体を拭いたりするとのことで、それは家族水入らずの方がいいだろうと、私一人が病院を出て先に帰宅することになった。地下鉄の駅までの道のりを歩きながら、私は今何を見たんだろうと、改めて不思議な気持ちになった。ほんの少しの接点しか持たなかった私が、なぜかこうして義父の死に立ち会った。人が亡くなる場に居合わせたのは初めての経験だった。家族が集まって普段通り言葉を交わし合う中で、ゆっくりと波が引いていくように義父は亡くなった。カメラ好きの義兄が義父の顔を写真に撮り、それに対して「え、その写真、見返すことある?」と誰かが言って笑いが起こるような、臨終の場とは思えないような自然な雰囲気の中での死は、なんだか義父らしいものに思えた。

遺志によって葬儀は親族だけで行い、香典や献花も一切受けないことになった。弔問客も来ず、数人だけの小さな葬儀である。その前日の夜になって、私は喪服が無いことに気がついた。少し前に東京で喪服を着る機会があり、そのまま東京の実家に置き忘れていたのだ。どうしたものかと慌てた末、私は義父の部屋に遺されていた喪服を借りて葬儀に出ることになった。義父がまだ恰幅のよかった頃に着ていたスーツだから私にはだいぶ大きかったが、遺品の喪服を着て本人の葬儀に参列しているという妙な状況を、義父なら笑ってくれるかもしれないと思った。

6　ちょっと遠くに住んでいる兄妹たち

九歳になる姪が東京からやってきた。先日、妹一家が父のもとに行って飲み食いしながら話していた際、姪がふとした拍子に父に向かって「じいじ、今度一緒に大阪に行こうよ」と言ったらしい。ほろ酔い加減だった父が「よし、今度の週末にでも行くか！」とそれを受けてすぐに私に連絡をしてきて、ただの思いつきとしてその場で消えていくところだった計画が現実になったのだった。

私が住む大阪に来るのは姪にとって初めてのことだったが、慌ただしい日程の中ではたいして観光らしいこともさせてあげられず、大阪城の天守閣にのぼったのと、道頓堀のグリコ看板を前に記念写真を撮ったことぐらいがいかにも大阪観光という場面だったろうか。とはいえ、まだ幼い姪にとっての楽しみはコテコテの〝大阪らしさ〟などではなく、私の息子たちと時間を気にせず遊べることだったようで、わが家の居間にニンテンドースイッチの本体を持ち寄って、ずいぶん長い間ゲームに興じていた。「フォートナイト」というゲームを一緒にやって、同じオンライン空間で撃ち合いをして遊んでいるのだそうだ。歳が近いこともあってか、いつまでも居心地よく一緒に遊んでいられるらしい。

その様子を眺めながら、私の父は缶ビールの中身をグラスに注いで飲み、私に向かって「いとこがいるっていうのは、いいよなぁ」とつぶやくのだった。ソファに腰かけて肩を寄せ合うようにしている三人を眺め、「そうだねぇ」と私もグラスを傾ける。

ゲームの時間が終わると、いかにもおてんば娘らしい大人びた口調の似合う姪が「今度は東京に来なよ！　うちに泊まってもいいよ」と息子たちに向かって言い、「え、いいん？」と下の息子が言うのに対して「うん！　来ていいで！」と、予想外に上手なイントネーションの関西弁を披露してみせるのだった。

八人のいとこたち

山形出身の父と母はそれぞれが三人兄妹で、その兄妹がみな家庭を持っていて子どももいるから、いとこの数は当然多くなる。子どもだった私にとって山形への帰省は「いとこたちと遊べる貴重な機会」でもあるのだった。まず、父の兄夫婦の間に三人の息子がいる。寛人君、祐次君、健太君。父の妹一家には梓ちゃん、司ちゃん、麻美ちゃんという三人の娘がいる。そして母の兄には千佳ちゃんという一人娘が、母の姉には真也君という一人息子がいる。みんな私とそれほど歳が離れておらず、いつも一緒に遊んでくれた。

私たち家族が帰省すると、まずは父の実家に向かい、その後に母の実家へお世話になるという順序で、それぞれ数泊させてもらうのがいつもの流れだった。どちらの実家でも宴会が開かれ、大抵の場合はいとこたちも集まる。大人たちが酒を酌み交わす間、私はいつもより羽を伸ばして遊ぶことができた。畳の上で相撲をとったり、風船を膨らませてバレーボールをしたり、『インディ・ジョーンズ』や『ベスト・キッド』など、子どもにもわかるような映画がテレビで放送されていれば、みんなで夢中になって見たりした。東京の実家のマンションより断然広い敷地を走り回り、枕を並べて眠れるというだけでもう私のテンションは上がりっぱなしなのであった。

父の実家は山のふもとにあって町からは少し遠く、周囲には田んぼが広がっていた。そこでいつも遊んでくれたのは寛人君、祐次君、健太君の三兄弟で、自然の中で悠々と遊ぶいとこたちの姿は、普段東京の部屋にこもってゲームばかりしていた私にはまぶしく見えた。

夏はあぜ道を走って遊んだり、沢で小魚やエビを獲ったりした。近くには山の斜面を活かした小さなスキー場があって、冬になるとそこが遊び場になった。みんなでプラスチック製のソリを持って雪の積もる道を山へ向かって歩き、滑る場所を定めたら雪を集めて踏み固め、ジャンプ台を作る。高い場所からスピードをつけて滑り降りると子どもの体は結構な高さまで跳ね上がり、そのスリルがクセになってやめられない。着地に失敗して転がるように滑っていくいとこの姿を見ては、お腹が痛くて辛いほどの笑いが込み上げてくるのだった。

ある年の冬、裏の雪山でソリ滑りをしようと三兄弟と一緒に歩いていた。いつも滑る場所から少し離れたところに高い石垣があって、その下に昨夜降ったばかりらしい雪がこんもりと積もっているのが見えた。「あの石垣から飛び降りて下の雪だまりに着地したらどうだろう」と私は思った。体全体がポシュンと柔らかく雪に受け止められて、すごく楽しい気分が味わえるんじゃないだろうか。

「あそこから飛び降りてみたい」と伝え、私は石垣の上に立った。思ったよりもだいぶ高く感じる。怖気づく私を、少し心配そうにいとこたちが見上げている。「ここでやめるのは格好悪い」と、後に引けなくなった私は思い切って宙へ飛んだ。下の雪は確かに柔らかかったが、柔らか過ぎたのか、落下の衝撃が十分に吸収されないまま、体は雪の下の地面に打ち付けられた。両足首を痛めた私は落下した姿勢から動くことができなくなり、「ううっ」とうなるだけだった。

三人のいとこたちが静かに近づいてきて私の様子を眺め、「とにかく家に運ぶしかない」と判断したらしかった。三歳年上の長男・寛人君、私の一歳下の次男・祐次君の二人が力を合わせてソリに横たわらせる。ソリに結びつけられた紐を寛人君が摑み、動けない私を引っ張って雪道を行く。

せっかく遊びに来たのに早々に愚かなケガをして動けなくなった私はバツが悪かった。いとこたちにどんな言葉をかけていいかわからず、ずっと黙っているしかない。その日はすごく天気がよくて、日差しが雪の表面を溶かしてキラキラと光らせていた。気まずい雰囲気にいとこたちも無口で、彼らの履いた長靴が雪を踏みしめるギュッギュッという音と、重たいソリが引きずられる音だけが世界のすべてになってしまったように思えた。

静かな時間の中で、時おり「なんで俺ばっかり引っ張ってんだず。次、祐次の番だからな」「なんで俺なんだず。健太でいいべ」と、ソリを引く役割の配分についていとこたちが静かに揉めている声が聞こえる。情けなくて仕方なかったが、それと同時に、いとこたちに自分の体を完全に委ねている感覚がなんとも心地よく、その時の光景は大人になった今、幸福な時間の記憶として残っている。幸い、私は軽く足をくじいただけだったようで、しばらくすると元通り動けるようになり、その晩には廊下を走り回って大人たちに怒られた。

憧れの人のペンダント

母方のいとこである真也君は、子どもの頃からずっと私の憧れの人だ。三歳年上の真也君はいつも優しくて、話していると言葉の端々にユーモアがあって、顔もなんだかシュッとしていて、私は幼い頃から「真也君みたいになりたい」とずっと思っていた。真也君の部屋にシステムコンポが置かれているのを見ては、私も似たようなものが欲しくてたまらなくなった。真也君の机の周りに置かれているちょっとした雑貨や小物のすべてが小粋に見えて、片っ端から同じものを買いたくなった。

あれは真也君が中学三年生か高校一年生だった頃のことだと思うのだが、母の実家に現れた時、首から栓抜きをぶら下げていたことがあった。大衆酒場の卓上に無造作に置かれているような、古いデザインのシンプルな栓抜きで、真也君はそれに紐を結んで首にかけていたのであった。

今思えばかなり不思議なファッションだが、それを見た三歳下の私は「こんなオシャレな人が世の中にいるだろうか」と衝撃を受け、それからしばらくの間、家にあるキーホルダーを紐にくくりつけて首から下げてみたりしていたものだ。

その後、東京の大学に進学した真也君はたまに私を食事に誘ってくれた。真也君が選ぶ店はファミレスでもチェーン店でもなく、ちょっと凝ったメニューが味わえるような創作料理店で、食べ物にまったく無頓着で空腹が癒えればそれでいいと考えていた当時の私にとっては未知の世界へのツアーのようだった。真也君は子どもの頃からずっと、私の人生の少し先にある世界を垣間見せてくれる存在なのだ。

ファミコンで繋がる距離

私は山形で過ごす時間が好きで、幼い頃はその好きな気持ちが度を越して親や親戚をたびたび困らせた。東京に帰らねばならない時が来ると、それがどうしても受け入れられず、「嫌だ嫌だ」と泣きじゃくるのだ。一度など、どう言い聞かせても泣き止まない私を見かねて、私以外の家族が東京に帰った後も一人だけで山形に残り、母の姉の家にもう数日泊めてもらうことになったほどだ。一人残った私の世話をして、なんとかなだめて駅前まで送らなければならなかった親戚を思うと、この歳になってなおさら申し訳なさがつのってくる。

山形の親戚やいとこたちと過ごす時間から切り離されてしまうのがどうしても受け入れられずに泣いてばかりいた私を救ってくれたのは、やはり真也君だった。ある時、東京へ帰る日が近づいて気持ちが塞ぎ始めている私に、真也君がこんな提案をした。お互いのお小遣いを出し合って二人で同じゲームを買おうと言うのだ。親戚におもちゃ屋まで連れていってもらい、『ビー・バップ・ハイスクール 高校生極楽伝説』というファミコンのソフトを一つずつ買った。そのパッケージのデザインを、私は今でもありありと思い出すことができる。

「ナオ君が東京に帰ったらすぐこのゲームで遊んでな。俺も山形でやってるから、どっちが早くクリアできるか勝負しよう」と真也君は言った。私は言われた通り、東京に帰るなりそのゲームを夢中でプレイした。肝心のゲームの内容はもうまったく覚えていないから、きっとそんなに面白いゲームではなかったんじゃないかと思うが、「今、山形にいる真也君も同じゲームで遊んでいるんだ」と考えられることは私にとって、世界観が変わるぐらい大きなことだった。

東京と山形は道も空気もちゃんと続いた場所にあって、今もそこに真也君や大好きないとこたちや親戚たちがいる。あの田んぼにも裏の山にも沢にもこっちと同じ時間が流れていて、私はまた必ずそこに行くことができる。そして、行けばみんなが「よく来たな」といつだって優しく迎え入れてくれる。そう思うことができるようになった私は、もう山形からの帰りに泣くことはなくなった。

自分の幼い頃と比べて、私の子どもたちはなんと恵まれていることかと思う。姪と父を新大阪駅へ送って行った帰り道こそ「嫌や。寂しい。早く会いたい」とごねていた息子たちだったが、その晩にはスマホのビデオ通話で互いの空間を繋ぎながら、ニンテンドースイッチでオンラインゲームをして遊んでいるのだ。こんな便利なものがあったら私はあんなに泣かなくて済んだはずだ。

大人になっても

私が歳をとったように、私のいとこたちもみんなすっかり大人になった。寛人君は実家を出て山形市内に暮らしていて、すでに子どもたちが社会人になっている。祐次君は山形を離れて海外との取り引きがある精密部品メーカーに勤め、メキシコに拠点を置くグループ会社に長期赴任している。健太君は実家を引き継ぎ、私の伯父夫妻と一緒に暮らしている。三人のいとこたちと私が一堂に会する機会は減ったが、たまに会うとビールや焼酎を飲みながら(みんなすっかり酒飲みになった)、「ナオ君ももう四十二歳だかぁ。いやぁ、みんな歳とったず」と、そんなことを言い合う。

子どもの頃は照れてしまってあまりうまくしゃべれなかった父の妹家族の三姉妹とも、大人になってお酒を飲みながらだと自分でも不思議なほどすんなりと話せたりする。長い時間の中で少しずつ関係性が変わっていくのも、いとこという存在の面白さだと思う。趣味が合うわけでもないし、お互いのことをそんなに深く知っているかというとそうでもなかったりする。だけど、やはり顔を見ると懐かしい気持ちが込み上げ、一緒に酒を飲んでだらだらとした時間を過ごしたくなるのだ。

数年前に会った時、真也君が最近の楽しみについて教えてくれた。週末になると父親と一緒に車に乗って山形近郊の山へ向かい、二人で一緒に登山をするらしかった。無理なく登れるレベルの気軽な山を選んで昼過ぎには下山し、近くの蕎麦屋なんかで食事をする。そして日帰り入浴のできる温泉にゆっくり浸かって疲れを癒す。そうやって夕方頃まで過ごして帰ってくるのが何より楽しいのだという。

父親と二人で山に登り、温泉に入って帰ってくる週末……なんて素晴らしい時間の過ごし方だろうか。真也君が親を大切に思う気持ちと、山形の自然と蕎麦と温泉と、すべてが自分には無いものばかりで心の底からうらやましくなり、やっぱりいつまで経っても自分は真也君の後を追っているんだなと改めて思った。

最近、妻が以前使っていた古いスマートフォンを利用して、子どもたち用のLINEのアカウントを作った。以来、わが家の二人の息子は、東京のいとこと頻繁に連絡を取り合っている。「今日はこれから習い事」「宿題めんどくさい」などと素直なメッセージをやり取りしているようで、そんなことができるのもまたうらやましい。

下の息子に「いとこってどう思う?」と聞いてみると、「えー。わからんけど、兄弟みたい。遠くにおる兄弟みたい」と言う。

遠くにいて、たまに会える兄弟。久しく会えていない山形のいとこたちの顔を思い浮かべ、私には遠くの兄妹がたくさんいるんだと考えたらなんだか嬉しくなった。

7　今日が最後だと思いながら歩いた道

「これ見て！　めっちゃ可愛くない？」と妻が子どもにスマートフォンの画面を見せている。画面が私の視界の隅にも入り、どうやらそれが「ずんちゃん」の写真だとわかる。妻は大阪に引っ越してきた頃から宝塚歌劇に夢中になっており、今は宙組の「桜木みなと」という人が気になっているという。桜木みなとの愛称が「ずんちゃん」であることを私も子どもたちもすでに当たり前のように知っていて（本名から転じたニックネームらしい）、画面を見た子どもは「あ、ずんちゃんや」と言った。居間のクッションに身を預けながら、妻は子どもにお気に入りのショットを見せている。

私は他の宝塚ファンに会ったことがないので比較のしようがないのだが、妻の熱の上げようはなかなかのレベルなのではないかと思う。気に入った公演があれば、その舞台が上演される一ヶ月ちょっとの間に何度でも観に行く。一日に二回ある舞台を両方立て続けに観劇することを、フランス語で昼の舞台を意味する「マチネ」、夜の舞台を意味する「ソワレ」の二つをくっつけて「マチソワ」という造語で言い表すのが演劇ファンのならわしらしいのだが、妻はその「マチソワ」を繰り返し、一つの公演を何十回も観ることさえある。

「同じ劇をそんなに観て飽きたりしないの？」と聞いたことがあったが、「飽きるとかそういうことじゃないねん。ご贔屓《ひいき》さんが出てたら、それはもう観るしかないねん」と、まるでそれが抗うことのできない運命であるかのように語る。一つの舞台が初日から千秋楽に向かって磨かれ、進化していく過程が見えるのも楽しみらしい。兵庫県にある宝塚大劇場での公演だけでなく、日比谷にある東京宝塚劇場へも頻繁に足を運ぶし、各地のホールをまわる全国ツアーがあれば、距離など関係なく可能な限り足を延ばす。たとえそれが日帰りのハードスケジュールであろうと「疲れは一切感じない」と言っていた。

妻にとって宝塚歌劇は「生きる糧」であり、その存在によって自分の毎日が支えられている。そのように語られた時、「そこまで大きなものだとは」とたじろいだのは、私の人生に没頭できるようなものがなかったからかもしれない。

「宝塚のおかげで自分も少しでも綺麗でいようと思えている」、「ときめく気持ちとか誰かを好きだと思う気持ちはすべて宝塚に捧げている」という妻が、ある時、私の存在について、「いい意味で〝無〟やな」と表現していた。「まあ、とにかく、幸せは願っているよ」と、遠くに旅立つ友達を見送るかのように言ったのを聞いて思わず笑いが込み上げた。

両親の馴れ初めはトホホの連続

数ヶ月前に両親と一緒に実家の近所のレストランで食事をした際、ほろ酔い加減の母が、父との結婚前後の話を聞かせてくれた。

母が父と結婚したのは二十七歳の時だった。遠い親戚から持ちかけられたお見合いによって二人は出会った。母はその頃、特に結婚したいなどとは考えていなかったという。会わずに断ろうと思っていたところ、不思議な縁があった。お見合い写真を開くとそこには私の父と祖父が二人並んで写っていた。東京の上野公園あたりで、旅行の記念に撮ったものらしかった。その写真を見て驚き、声を上げたのが母方の祖父だった。写真の中の、父ではなく祖父の方を指差し、「この男、知っている！　俺が戦争中に一緒に仕事をした男だ！」と言ったらしい。なんでも、第二次世界大戦中、山形に「日本飛行機」という航空会社の工場が作られ、社名を縮めて「ニッピ」と呼ばれていたその工場で、二人は共に働いていたというのだ。戦闘機を作るためのかなり広大な工場で、そこで働く工員もたくさんいただろうから、お互いになんとなく顔を見たことがある程度だったようだ。それにしても、一枚の写真を見ただけで同じ工場で働いていた仲間だと思い出せる母方の祖父の記憶力もなかなかのものである。「この男にぜひ会いたい！」とすっかり乗り気になってしまった祖父に押し切られ、母はお見合いをすることになった。「あれがさ、お父さん一人で写ってるだけの写真だったらすぐに断ってたのにね」と母は笑う。

母によると、お見合いの当日、母の実家に現れた父はひどい二日酔いで、まだ酒が残っているような状態だったらしい。

「ひどいんだから本当に」と母は当時のことを思い出して改めて呆れ、それを横で聞いている父は「そんなことないよ」と不服そうにレモンサワーの入ったグラスを傾ける。「挨拶に行ったら女の人が出てきてお茶を出してくれたんだ。あ、この人なんだな、と思ったらそれはアサコさん（母の義姉）で、後からもう少し老けた人が出てきたんだよ」と父が言い、母が「ひっどい！」と大きな声を出す。

しばらく型どおりのやり取りが続いた後、母は祖父に「どこかに行ってきたらどうだ」と言われ、いきなり二人で車に乗って出かけることになった。母の兄の車を借り、運転席には母が座った。父も免許を持っていたが、仕事中に駐車禁止の区域に車を停めた罰則が重なり、免許が失効になっていたのだという。

二日酔いで現れ、免許が失効中の男と母は車に乗って山形市内の、当時まだ珍しかったイタリアンレストランで食事をした。椅子に座って改めてじっくり見てみると、父は仕事ばかりの日々ゆえか、妙に色白で、お世辞にも健康的と言えるような相手には見えなかったそうである。

と、ここまで聞くと、まさかこの二人が結婚し、私の両親になるとはとうてい思えないのだった。自分は本当に今、この場所に存在しているのか、妙な心細さを感じながら、私も父を追うようにレモンサワーを飲み干す。

手ぶら宿なし新婚旅行

それから母はどうやってこの縁談を断るべきかぼんやりと考え続けていたという。五月に初めて顔を合わせたのが、季節はすでに夏になっていた。その後、お盆の休みに父がなんの連絡もなく突然母のもとを訪ねてきたことがあり、「予告もなく現れるなんて失礼だ」と母は感じ、いよいよ相手の印象が悪くなったという。

今度こそきっぱり断ろうと心に決め、父と母は山形駅で待ち合わせた。「何かを断るということが何よりも苦手なのよ」と自分の性格を評する母は、駅近くの喫茶店で話していてもなかなか決定的な言葉を伝えられずにいた。その様子を見て父は席を立ち、母を店の外へ誘った。山形駅から母の実家までは徒歩三十分ほどの距離だ。今から実家にたどり着くまでに結婚に対しての答えを出して欲しいと父が言い、二人は歩き出した。暑い夏が終わりに近づいた、風が肌に涼しい夜だった。

母いわく、父は妙に口がうまかった。長い道を歩きながら父は、「幸せなんて、ここにしかないというものじゃないと思います。どこにだって転がっているものだと思います」と言った。また、「長くつきあえばわかり合えるというわけでもないと思います」とも。そう聞くと母の気持ちは揺れ、自分にとって何が正しい選択なのか、ますますわからなくなってくるのだった。

駅から実家まで歩いただけでは答えが出せず、さらに近所をうろうろとめぐり、疲れ果てて実家にたどり着いたところでついに母は「わかりました」と、結婚を受け入れることになった。

「了承したというより、させられたの」と母は言い、「そこからはもうバタバタよ！　その日のうちに根際《ねぎわ》（父の実家のある土地）に連れて行かれて、みんなに『おめでとうございます！』って言われて、息つく暇もないの」と、ハンバーグを一口サイズに切り分けながら当時を思い返す。

勢いに押し切られるように結婚を受け入れた母だったが、結婚式に向けた準備を進めていく上でも思い悩むことが多かったらしい。東京での仕事が多忙だった父は結婚式に関してほぼノータッチであり、かわりに父の兄が母に付き添って会場の手配などを進めてくれたのだという。二人の結婚式のことを決めるのに当の相手がその場にいないということが母に心細さを感じさせる。

久々に会った時、父は自分が結婚式の準備に関われないことを謝った上で「そのかわり、新婚旅行については僕に任せてもらえますか」と言った。それを聞き、「この人なりに考えてくれていたんだな」と母は少し安心したそうだ。

だが、いざ結婚式が終わり、新婚旅行先である伊豆に着いてみると、父は慌てて公衆電話から電話をかけて宿を探し始めた。なんと父はその日の宿すら手配していなかったのである。ちなみに父は新婚旅行に手ぶらで現れ、そのことも母を驚かせた。

「なんで手ぶら？　なんで宿もとってないの？　って、言いたいけど、まだそんなに仲良くもないわけ。もう、それでびっくりしちゃったよ」と語る母はいよいよ呆れ顔だ。父はさすがに言い返す気もなくなったのか、皿の上に残った生野菜をつまみながら「当時は手ぶらが流行ってたんだよ……」とわけのわからぬことをつぶやくだけだ。

結局、電話で数軒当たってみるも宿は見つからず、旅館の名が書かれた旗を持って駅前で客引きをしていた男についていくことにした。そこは綺麗な宿ではなかったし、宿に着いても父は会社や得意先に電話ばっかりしていて、二人で話す時間もあまりなかった。

翌日、たくさんのワニが飼育されている観光スポットに行き、パカパカと大きく口を開けているワニをただ静かに二人で眺めた。そうしていると父はふいに、「もう帰りましょうか」と言った。「新婚旅行は何年後かにまたちゃんとやり直しましょう」と言いながら父は歩き出し、本当にそれで旅行は終わりとなった。「やり直しの旅行はあったの?」と私が聞くと、「ないよ。何もないまま今だよ」と母は口を開けて笑った。

こんな二人がこれまで一緒に過ごしていることが不思議でならなくなる。そしてそういう話が私の目の前で今や笑いと共に語られていることも、やはり不思議だ。知り合いもいない東京に出てきた母は私を育てながら寂しい思いをしてきたし、私の子ども時代、両親がひどいケンカをしている場面を何度も見た。父にも母にもお互いの言い分があり、その時々に思いをぶつけ合い、傷つけ合うこともあっただろうと思う。果たしてお互いにとって幸せな結婚だったのか、そんな問いに答えはないだろうけど、とにかく今、二人は笑って語り合っている。

思い出の道で傷跡はよみがえる

先日、東京に帰省した際、家族みんなでかつて住んでいた千川《せんかわ》駅の周辺を歩く機会があった。

もう十年以上も前のことだが、私がその町に住んでいた頃、池袋から家までの道をよく妻と歩いた。池袋駅の西口からほぼ一直線の大きな道路沿いを進んでいくと、駅周辺の喧騒が徐々に落ち着き、次第にぼんやりとした住宅街の雰囲気へと変わっていく。そうして三十分ほど歩けば、その先に私たちの住む家があった。

私はその道を妻と一緒に歩くのが好きだった。今はもうまったく思い出せないが、好きなバンドの新譜が出たとか、面白い映画が公開されているらしいとか、そんな他愛もない話をしながらいつも歩いていた気がする。

妻が最初の子どもを妊娠し、だいぶお腹が大きくなってきた時、やはり同じ道を散歩して帰った。秋の終わりのすごく天気のいい日で、風が気持ちよかった。妻は数日後には実家のある大阪へ帰省し、里帰り出産に備えることになっていた。手をつなぎ、妻の歩幅に合わせてゆっくり歩きながら、「こうして二人で手をつないで歩くのは今日が最後なのかもしれないな」と私は思った。もうじき、この二人の間に新しい誰かがやってくるのだ。それは想像のつかない楽しみでもあり、なんだか少し寂しいことでもあるように感じられた。そして実際、私たちがその道を二人で手をつないで歩いたのはそれが最後だった。

その道を、今また歩いている。ほとんど黙って歩いていたから、妻が何を考えているのかはわからなかった。頭がぼーっとしてくるような、心地よい気だるさを感じながらゆっくりと歩く。小さな公園の前に差し掛かると、妻が立ち止まった。「なつかしいな。この公園で毎日ずっと遊ばせてたなぁ」と、育児の日々を思い返しているようだった。

一人目の子どもが生まれ、二年半後に二人目の子どもが生まれた頃が私たち家族の一番慌ただしかった時期で、その頃、妻が抱えていたストレスは相当なものだった。私は私で東京で会社勤めをし、慣れない部署に配属されて疲弊していた時期でもあり、それを理由に会社を出ると決まって居酒屋から居酒屋へと飲み歩き、仕事の憂さを晴らそうとしていた。家族を家に残し、週末になれば友達と出かけたりしていた私は、その時期に妻の信頼をかなり失ってしまったようだった。「あの頃は本当にしんどかった。なんで私ばっかり負担が大きいねんってイライラしてた」と、妻は折にふれてその日々を思い出しては苦い顔をする。

大きな通りに出て視界が開け、かつて私たちが暮らしていたアパートが見えてきた。建物の外観はあの頃からまったく変わっていなかった。以前と変わらぬ窓から、昔の自分たちが顔を出しても不思議ではないとさえ思える。時間が一気に引き戻されるような感覚とともに、自分が取り返しのつかない失敗を重ねてきた気がした。父と母のように、これも数十年後には笑いながら話せることになっているんだろうか。しかし、たとえ時間が経っていつか笑いながら話せたとしても、それはやっぱり傷跡には違いないのかもしれないとも思った。

大阪に戻ってきてから、私たちは東京で暮らしていた頃のことをまた思い返していた。育児の負担で妻が追い込まれていた時の、私にとっては耳の痛い話ばかりだ。「まあ、だからあの頃は本当に腹が立つことが多くて、それが今はいい意味で〝無〟になったんよ。そう思えるのも宝塚のおかげやわ」とクッションに座った妻が言う。最近観てきた舞台がとても気に入ったらしく、パンフレットを開きながら、それがどんな内容だったか子どもたちに話して聞かせている。「その劇は何回も観に行くの？」とたずねると「そら行くわ」と間髪入れずに答え、「一緒に観に行く？　チケット取ったろうか？」と、私に向かって言うのだった。

8　街を歩くすべてのお母さんと握手したい

大阪駅に隣接するショッピングビルの屋上で、私は友人の到着を待っていた。みな子さんというその友人と会うのは二年ぶりだ。それまではもう少し頻繁に会っていて、大阪に実家がある彼女が帰省してくると、半日ほど時間を合わせてだらだらと散歩するのが常だった。

駅からすぐだし敷地内にコンビニも綺麗なトイレもあるこの屋上は待ち合わせに便利で、いつもここで合流してその日の行き先を決めるのだった。昼から営業している近くの居酒屋に行くこともあれば、神戸へ、奈良へと、行き当たりばったりに足を延ばすこともあった。

屋上のベンチに座ってじっと待っていると、向こうからみな子さんがやってくるのが見えた。黒いワンピースを着て、大きなお腹に手を添えている。みな子さんが妊娠し、もうすぐ出産するのだということは本人から送られてきたLINEのメッセージで知ってはいたが、前回ここで会ったのとだいぶ違う姿で現れたから、私はどんな表情を作っていいかわからなくなって、とりあえず笑った。

みな子さんも笑いながら「久しぶりー」と近づいてきて、「聞いてても実際に見るとなんか不思議だな」というようなことをお腹を見ながらつぶやく私に「だよね。もう来月には出てくる予定なんだよ」と言った。みな子さんの後ろからはもう一人、みな子さんの古くからの友達らしいリエさんという人が現れた。東京から大阪までのみな子さんの移動をサポートする係として付き添ってきたそうだ。

ベンチに腰をおろし、しばらくお互いの近況を報告しあった。みな子さんは実家に二泊ほどして東京へ戻るという。産院は東京で、産後しばらくは大阪から親が来てくれる予定だそうだ。二人はその日の午前中に万博記念公園まで行って「太陽の塔」を見てきたらしい。重たい体で広い公園を歩いたからか、みな子さんはだいぶ疲れたようだった。

「じゃあ私は先に実家に戻るから、リエをちょっと案内してあげて。大阪、初めてなんだって」と言い、みな子さんはゆっくりと立ち上がった。私とリエさんとはさっき初めて顔を合わせたばかりで、突然の無茶な依頼に動揺したが、とにかくみな子さんを駅まで見送ることにした。

乗るべき船に一緒に乗る

三人で改札を通り、みな子さんが実家の方へ向かう電車に無事乗るのを見届けてから、リエさんと二人で大阪駅の隣駅である天満駅まで行くことにした。いつも活気があるから、ここを歩けばちょっとした大阪観光になるのではないかと思ったのだ。

「駅の周りは飲み屋街になっていて」「こっちには大阪のローカルスーパーの『スーパー玉出』があって」とあちこち案内しながら歩くうち、お互いを繋ぐ人物であるみな子さんの話になった。

リエさんとみな子さんは高校の同級生で、それ以来の付き合いらしい。あるタイミングで急にみな子さんが「子どもを産むわ」と言い出したので驚いたという。みな子さんには特定のパートナーはいなかったそうなのだが、それからほどなくして子どもが欲しいと思っている男性と出会い、トントン拍子と言えるようなペースで結婚して妊娠して、そして今に至るのだそうだ。

「みな子がそんなこと言うって思わなかったから、すごく驚きました。それで本当にすぐ相手も見つかって結婚して子どももできて」とリエさんは言う。リエさんからすれば、みな子さんはどちらかというと特に子どもを作ることを意識せず、趣味の合う相手とお互いに干渉し過ぎずに付き合っていくようなタイプに見えていたらしい。「まだ三十代になったばっかりだし子どものこともう少し先で、いつかできたらっていう感じだったと思うんですけど、急に体と心が『子どもを産みたい！』ってなったらしくて、そんな風になるんだなーって思って」と、リエさんは語りながら歩く。「でも、みな子を見てたら私も子どもを産んでみたいなって思うようになってきて、最近はどこに行っても『この辺りって子育てしやすそうかな』とか思ってしまうんです」と、たくさんの人が行き交う商店街を見渡すのだった。

リエさんを近くの駅まで送って家に帰った私はその夜、改めてみな子さんにＬＩＮＥをした。無事実家に着いてゆっくり過ごしているらしいことにまずは安心し、取りとめのない話の流れから、出産を間近に控えた今の気持ちをたずねてみた。しばらくして「妊娠するって、すごくよくできたプログラムだなって思う」という返事があった。出産が近づくにつれて自分が心も体も〝母〟になっていくのをひしひしと感じるそうだ。

みな子さんは現在三十二歳。二十代半ばを過ぎたあたりから子どもを産んで育てたいと思うようになったが、当時の交際相手は子どもをつくらずに個人として人生を楽しもうという価値観だったから、なんとなくそれに合わせていたらしい。そんな中、三十歳の時に、みな子さんの双子の妹が不妊治療を経て妊娠した。その様子を見聞きして、「ああ、こうやって子どもを持つことに真剣に取り組んでもいいんだ」と感じたのだという。

そういうタイミングで出会ったのが今の夫で、「去年の春にその人に会ったとき自分の乗るべき船がやってきたと思ったんだよね。目の前に来た船に一緒に乗るイメージ。だから迷わなかったし、何も不安に思わなかった。予定されていたみたいだなと思った」という。

二人は出会って半年後には入籍し、そのすぐ後に妊娠してと、スムーズな流れでここまで来た。お腹の赤ちゃんも順調に育っている。「リエとも話してたんだけど、女の人の身体って、そもそも体内で人間を創り出せるように設計されてるわけじゃん。そんなすごい機能があるならやってみたい、という好奇心はすごくあるよなって」とみな子さんのメッセージを読みながら、男性である自分には無いその機能や心の動きに圧倒され、私はぼーっとした気持ちになった。

親も人間なんだな

私の二人の妹にもそれぞれ子どもがいる。上の妹には十歳になる娘と七歳の息子、下の妹には二歳になったばかりの娘がいる。息子たちが東京へ行けば、上の妹の子どもたちとは一緒にゲームをして遊べるし、下の妹のまだ幼い娘と遊ぶのにもまた、新鮮な面白さを感じるらしい。うちの次男など、一時期は下の妹の子どもと一緒に撮った写真をスマホの待ち受けに設定し、大阪に戻ってくると「こんな小さいいとこがいるんやで」と友達に自慢していたほどだ。

みな子さんとのＬＩＮＥのやり取りの後、妹たちが母親でもあることを今さらのように思い出した私は、二人の出産や育児について、話を聞いてみたくなったのだった。

とはいえ、妹たちに正面から「出産についてなんだけどね……」と聞くのは私にはかなり照れる行為で、うまくしゃべれる自信がない。そこで事前に質問を用意してＬＩＮＥのメッセージとして送り、それに答えてもらうことにした。アンケートみたいなものである。

「子どもが生まれる前後のことで覚えていること」
「子育ての上で大変だと感じること」
「子どもが成長して改めて思うこと」
「子育てして考え方が変わったこと」

「子育てで幸せに感じること」

「社会の制度などでもっとここがこうならいいのにと思うこと」

「子どもがいない人生だったらと想像することがあるかないか」

「子どもを産む友達がいたらアドバイスしたいこと」

「自分の親に対して思うこと」

「いつか自分の子どもが大きくなったとき、親としてどんな存在だと思われたいか」

という十項目を用意し、「答えにくいものは無回答でもいいから気楽に答えて」と伝えた。

上の妹からの回答で印象的だったのはトマトの話だった。長女を出産する直前、やたらトマトが食べたくて仕方なかったという。食費の多くをトマトに割くほどの勢いだった。それが、無事に出産を終えた途端、嘘のようにまったく食べたいと思わなくなった。しかし、その後、トマトは大きくなった長女の大好物になったという。まるで、お腹の中の赤ちゃんが自分に命じてトマトを食べさせていたかのようで不思議なのだとか。

トマト以外にも、もともと妹はさくらんぼやスイカが大好きだったのに、その食べ物を子どもが好きになった途端、自分は食べなくても気が済むようになったそうだ。「母親の本能に埋め込まれた何かなのかね」と、妹は書いている。

「子どもを産む友達がいたらアドバイスしたいこと」という項目には「自分をアスリートか修行僧だと思うとけっこう乗りきれる」との回答が。「子育てで幸せに感じること」については、「子どもが自分の作ったごはんをモグモグ食べること」とある。

「子育てして考え方が変わったこと」という問いについて妹は「実際に親になってみると親も人間なんだなと思う」と答えている。それまで親（特に母親）は心の底から信頼できる存在で、何でもしてくれるし、絶対にいなくならないと思っていたらしいが、子どもを産んでみると、それは神話のようなものだと感じた。お酒を飲んでごはん作りをサボったり、毎日しなければならない小学校の宿題のチェックが面倒になることもあるそうだ。

なんだか、自分の知らない妹の一面が垣間見えたような気がした。

一方、下の妹の娘はまだ二歳になったばかりだから、その回答にはまさに今、新鮮な母親経験の最中にいる印象を受けた。ちょうど新型コロナウイルスの恐怖が世の中を暗く覆っている時期に出産したから、そこに対して感じる恐怖もあったらしい。

妹が子どもを産んだのは志村けんが亡くなってすぐで、陣痛の合間に「志村けんの魂がまだその辺をさまよっているかもしれない」と感じたこと、コロナの影響で産後の面会も許されず、常に孤独を感じていたこと、生まれてきた子の顔を見た時、ずっと自分のお腹の中にいたはずなのに顔を初めて見るのを不思議に思ったことなどが綴られていた。

妹にとって子どもは「この世で一番可愛い存在」で、子どもを産んでみて「お母さんって私のことこんなに大好きなのかよ！」と思ったらしい。自分の母親の視線が理解できたと感じると同時に、「お母さんのように無償の愛を捧げられるのか自信がない。お母さんは世界で一番私に優しい人だと思うけど、そんな存在になれるのだろうかと考えるよ。同じようになれなくてもいいんだろうけど」とも思っているという。

　子どもを産んだことで、「自分のやりたいこととか悩みとか小さいこととは全然違う、もっと何か大きな流れの中に飲み込まれた感じがあった」そうだ。さらに、「あと、とにかく常に動き続けなきゃいけないのが大変。いつもぼーっとしていたいタイプの人間だったのにね。親としてなるべく正しくいなければいけないというのも難しい。子どもに恥ずかしくないかなとか、自分がしてることを自信を持って教えられるかなとか考えると、これからどう生きようか悩む」と、親として生き始めた自分のあり方を日々模索しているようだった。

　二人の妹は「子どもがいない人生だったらと想像することがあるかないか」という私のちょっと意地の悪い質問に対して「めっちゃある！」「いいとか悪いとかではなく大いにある」と共通して答えている。私はよく「子どもがいなかったらどんな毎日だっただろう」と考えるから、そこは二人も変わらないんだなと思って、少し安心した。

愛情を注いでくれる大人がいたら

妹たちから送られてきた言葉を読み返し、じっくり反芻しながら、私はオルナ・ドーナトというイスラエルの社会学者が書いた『母親になって後悔してる』という本を本棚から取り出してパラパラとめくる。ドキッとするタイトルのこの本は、「もし時間を巻き戻せたら、あなたは再び母になることを選びますか？」という質問に対して「ノー」と回答したユダヤ系イスラエル人の母親、二十三人に対して著者が丁寧に聞き取りをして書いたものだ。

子どもという存在をかけがえのないものと思いつつも、まっとうな母親像というようなものから逸脱してしまう自分に悩む母たちの生々しい言葉が、ここには綴られている。育児に悩む時、この本をめくると少し気持ちが安らぐのだ。

私は近くにいた妻に本のタイトルを見せ、「こういう気持ちってわかる？」と聞いた。妻は「そら、あるよ」と言った。「だいたいの人が思ったことあるんちゃう？」

「そうなの？」と私が言うと、「産んだからみんなが愛情百パーセントっていうわけじゃないと思う。徐々に愛着が湧いてきたと思ったらめちゃくちゃ腹が立つ時もあるし、愛してないから親としてダメってことはないやろ」と、妻はコーヒーを飲みながら言うのだった。

「もちろんあれやで、育児放棄したり虐待したり、そんなのはあかんし、子どもを愛せないとしたって、それはなるべく子どもに感じさせたらあかんけど、でも、常に愛情たっぷりでいなくてもいいし、自分の代わりに愛情を注いでくれる大人がいたらそれでいい」と、その言葉を聞いて、私は自分の心がほんの少しだけ楽になるのを感じた。

私はきっと、出産を間近に控えているみな子さんや、色々と大変な苦労をしながらも子育てに前向きに取り組んでいる妹たちにどこか引け目を感じているのだと思う。子どもたちは自分にとって大事な存在だが、腹が立って仕方ない時もあるし、寮にでも入ってくれたら楽なのにと思ったりもする。怒りに任せて乱暴な言葉を吐いてしまうようなこともよくある。自分が親であることが申し訳なくなるような瞬間が多々あるのだ。

それは自分が出産という行為を肉体的に経験したことがないからなんだろうか。「母親になって後悔してる」と言う資格があるのは、肉体的なリスクを負って子を産んだ人だけなのかもしれない……。

妹たちに聞いたのと同じ質問を一つ、妻にも投げかけてみる。「子どもが生まれる前後のことで覚えていることは何?」と。妻は言う。「最初の出産の時は、陣痛がめっちゃ長くて痛過ぎて、妊娠したことをひたすら後悔したな」そして「子どもを産んだ後は、街を歩くすべてのお母さんに握手を求めたい気分やった。こんなに大変な思いをして産んだんですねって」

私はそう語る妻の横顔を見ながら、自分には絶対に知り尽くすことのできない世界がそこにあることを痛感していた。

9　オールナイトライブ祖父

小学三年生の次男が「幸」という漢字を学校で習ったという。その少し前に「福」の字も習ったそうで「じゃあもう幸福って書けるんだね」と私がいうと「そうやで。書けんねん」と得意気だ。「幸福ってどういうことだと思う？」と聞いてみたところ、「東京に行ってじいじと遊ぶこと」という答えが返ってきた。

わが家の息子は二人とも私の父のことが好きなようで、両親が暮らす東京に行くのをいつも楽しみにしている。特に下の子にとって〝じいじ〟は特別な存在らしく、「一番好きな場所について書く」という作文の課題が学校で出された時も、「ぼくが一番すきな場所は、東京のおじいちゃんの会社です。」と始まる文章を書いていた。私たち一家が東京に帰省するといつも、呉服の卸売をしている父の会社の応接スペースで食事をする。実家は手狭で、大勢が集まれるスペースがないから苦肉の策としてその場を使っているのだが、息子にとってはその空間こそが「一番好きな場所」らしい。

息子がなぜそこまで私の父のことを気に入っているのか。おそらくそこに深い理由はなく、いつも細かいことで叱ってくる私や妻とは違い、わがままを許し、甘やかしてくれる存在だからだろうと思う。両親よりも祖父や祖母の方が優しくて好きだったという話はよくあるし、私自身、母方の祖母が大好きだったからその気持ちはよくわかる。一緒に散歩に出れば好きなジュースを買ってくれるし、ガチャガチャの機械があれば気前よく小銭を出してくれる。夜更かししても怒らないし、冗談を言って笑わせてくれる。東京にいる間、息子は私の父といつもべったり一緒にいて、手をつなぎ、時には背中に覆いかぶさっておんぶしてもらったりしている。父は父で、自分の子どもたちが幼かった頃に仕事が忙しく、あまり遊んでやれなかったことの埋め合わせをしているつもりなのかもしれない。

息子は東京から帰らなければならない日になると祖父と離れるのが嫌で泣くことが多かったが、最近それが落ち着いてきた。なぜなら、ＬＩＮＥでやり取りができるからである。

私の父が長年使ってきた〝ガラケー〟がついに去年壊れ、スマートフォンに交換せざるを得なくなった。最初は「使い方が全然わからない。面倒くさい」と不満ばかりだったが、東京に住む妹たちのサポートもあり、最近ではＬＩＮＥも使いこなすようになった。そのＬＩＮＥを使って父から私の息子宛てのメッセージが送られてくる。息子はそれが楽しみで、やり取りが始まると私のスマートフォンを自分のもののように奪い取り、メッセージやスタンプをずいぶん長時間にわたって送り合っているのである。

その様子をそばで見ていて、「私も時代が少し違えば祖父とＬＩＮＥでやり取りをしていた可能性もあったわけか」と思い、その場面をぼんやりと思い浮かべて「いやいや、それはないな」とすぐに打ち消した。

　母方の祖父は私が幼い頃に病気で亡くなっていたから、私にとって〝おじいちゃん〟と言えば父方の祖父である。祖父は二〇一一年まで生きていて、私が幼い頃から大人になるまで、山形に帰るたびに顔を合わせた。しかし息子にとっての〝じいじ〟とは違い、甘えて手をつなげるような存在ではなかった。決して私に対して厳しいことを言ってきたりするわけではなかったが、よしよしと頭を撫でてくれるようなこともない。周囲の大人たちにも頑固ものと恐れられていたから、私はいつも緊張して、一定の距離を保っていた。

祖父は朝まで歌い続けていた

　祖父に関する思い出の中で、真っ先に浮かんでくるのはお盆休みのある夜のことだ。両親と妹二人、そして私の五人で山形に帰省していた。私はたしか高校生で、それぐらいの年頃になったら「家族で田舎に帰省するなんて、かったるくてやってられねえよ！」と思ったりするものかもしれないが、私は大好きな山形でしばらく過ごせるのがとても嬉しかった。

　父の実家の庭先に敷かれたブルーシートの上に大人から子どもまで十人以上が集まって宴会が開かれる。夏の恒例だ。大人たちは酒を飲んで騒ぎ、私は歳の近いいとこたちとの久々の再会を楽しんでいた。宴が進み、どんなきっかけだったかはわからないが、近所のカラオケ名人の家にみんなで行こうという話になった。歩いてすぐの場所に、父の実家が昔から懇意にしている家がある。その家の主人は大のカラオケ好きで、アマチュア歌手なみに歌がうまいのだが、好きが高じて、最近自宅にカラオケルームを作ったという。かなり本格的な設備だそうで、「じゃあこれからそこに行ってどんなものか見せてもらおう」と、そういう話になったらしい。

私も大人たちの後について一緒にそのカラオケルームを見せてもらったが、そこは想像以上に華やかな空間だった。大人になった今の感覚で例えるなら、カラオケ設備にたっぷりお金をかけたスナックのような雰囲気とでも言おうか。大人たちがくつろいでお酒を飲みながら、音量を気にすることなく思う存分に歌えるような場だった。「せっかく来たんだから少しゆっくりしていけぇ」とその家の主人に言われ、一行はしばらくそこに腰を落ち着けることになった。「お前たちも何か歌え！」と、私やいとこたちの方へもマイクがまわってきて、照れながら小さい声でサザンオールスターズの『涙のキッス』を歌った記憶がある。

しばらく楽しい時間を過ごし、静かな夜道を歩いて実家に戻ったのだが、それからが大変だった。

祖父が怒鳴っているのである。大人たちがカラオケルームを見に行こうと家を出ていった際、足が悪かった祖父は家に置いていかれることになった。祖父にしてみれば、宴会で気分よく飲んでいたら急にみんなが自分を仲間外れにして外に出ていったわけである。しかもみんなでカラオケを歌いに行ってきたというではないか。祖父もカラオケが大好きで、テレビにマイクを繋いで使用するタイプの小さなカラオケ用の機械を使い、興が乗るとよく歌を歌っていた。「カラオケだったらここでだってできるのに、なんで俺を置いて出ていったんだ」と、今改めて想像すれば、その時、祖父がひどく寂しい思いをしたであろうことは痛いほどわかる。

「少しのつもりが長くなったんだ」などと言い訳し、みんなでなだめようとしたが、祖父は誰の言葉にも耳を貸す様子はない。声を荒らげながら「誰が行こうと言い出したのか」「なぜ自分を置いて全員で行ったのか」「行ったにしてもすぐ戻ってこなかったのはどうしてなんだ」と誰にともなく問い続けている。もう簡単に許すことのできない気持ちができあがってしまっているのだ。

それからの祖父がすごかった。テレビにカラオケマシーンを繋ぎ、大音量で歌い始めたのだ。好きな演歌や軍歌、オケのない曲はアカペラで、次から次へと歌い続ける。曲と曲の合間には時おり「なんだず！　小馬鹿くさい！　なんで人の気持ちもわからねんだず！」と怒りをあらわにした語りが差し込まれ、それが終わるとまた歌だ。最初の方こそ私の父や伯父が「わかったから、もうそろそろ寝ろぉ」などと声をかけたが、祖父の勢いがどうにも止まらないのを悟ると、あきらめてそれぞれの寝る部屋へと引き上げていった。

風呂に入って歯を磨き、私が二階に敷かれた布団に入っても、階下からは祖父の歌声が聞こえ続けている。祖父が握っているカラオケマイクは、さっき豪華なカラオケルームで見たのとは比べ物にならない小さなものだったが、その歌声の大きさはまったく引けをとらなかった。家中に響くような声量なのだ。それがもう、かれこれ二時間も続いている。

気づけばいつの間にか私は眠りに落ちていたようで、次に目が覚めた時には窓の外で空が白み始めていた。もうすぐ朝が来る。と、次の瞬間、衝撃を受けた。祖父の歌がまだ階下から聞こえてくるではないか。祖父は夜通し、眠らずに歌い続けているらしいのだ。

なんだか私は笑いが止まらなくなってきた。なんとしつこい怒りだろうか。祖父がみんなに頑固ものだと恐れられる理由を身をもって知った気がした。

「大学さ行って、どうすんだぁ」

祖父と二人きりで交わした会話はほとんどなく、私のことをどう思っていたか知るよしもないのだが、一度だけ、私が大学に進学する時にボソッと言われた言葉が記憶に残っている。小説を読むのが好きだった私は、文章についてしっかり学んでみたいと思い、芸術学部の文芸学科というところを受験し、無事合格することができた。そして次に山形に帰省した時、それを伯父や祖父に報告した。その場ではみんな「そうかそうか。まあよかった」というようなことを言ってすぐに話題が変わったのだったが、しばらくすると祖父は、横に座っていた私に向かって「そんな馬鹿みたいな大学さ行って、どうすんだぁ」と言った。私はびっくりして「うーん、まあ、がんばるよ」と、なんの答えにもならない言葉しか返せなかった。

不思議なもので、その時の私は、祖父にそんな言葉を投げかけられたことが嬉しかった。生まれて初めて祖父から私にだけ向けられた言葉を聞いたような気がしたのだ。一人前の人間として認められたからこそ、そのような苦言を呈されたのだと感じ、少し照れくさいような気分だった。その後、私は大学生活を怠惰に過ごし、就職先を見つけられずに卒業後もふらふらすることになったから、祖父の心配は的確だったと言える。

先日、父と食事をする機会があり、若い頃の祖父の話を聞いた。祖父は大正七年、一九一八年生まれで、「兄弟が七人か八人はいたはずだ」と父はいう。祖父の父、つまり私の曾祖父の代で財産を持ち崩し、家は貧しかったらしい。生まれた子どもたちはある程度大きくなると順に丁稚《でっち》奉公《ぼうこう》に出されることになった。その時代、周辺の子どもはみな当然のように丁稚奉公に出された。「三年奉公」、「五年奉公」と年数が決まっており、親たちは雇い主から得た前金でなんとか暮らしていたという。

祖父は山形市の南にある上山《かみのやま》という土地の繊維問屋へ丁稚奉公に行くことになった。そこで奉公を終えると、実家に戻り、繊維問屋のもとで得たノウハウや人脈を生かして衣料品の街商を始めたそうだ。町に出て肌着やタオルを売って歩く。そうやって得たお金で実家を改装し、ついに衣料品店を開店する。祖父は近隣に顔がきいたため、周辺の冠婚葬祭の引き出物を一手に請け負ったり、学校指定の学生服を売ったりして、「この村で衣料品店といえばあそこだ」と認知されるような店へと育て上げていったという。

その家に生まれた私の父は祖父の苦労をずっとそばで見てきた。決して裕福な家とは言えなかったが、祖父の苦労のおかげで人並みに生活することができた。祖父は商工会の会長を務めたこともあり、地元でも多くの人に頼られるような存在だった。貧しかった家のためになんとかお金を集めるべく奔走した祖父のことを回想し、私の父は「いやぁ、あの人はすごく頑張ったよ」といった。「朝まで歌い続けてた時、すごかったよね」と私がいうと父は少し笑い、「うん。頑張ったから、そのかわり自分の思い通りにいかないことがあったり、自分が大事にされていないと思うことがあると、どうしても許せなかったんだろうな」というのだった。

追加注文した生ビールを二人で飲みながら「父親としては怖い人だった?」と私が聞くと、父は「いや、そうでもないよ。よく遊んでもらったよ」という。「『相撲ガム』っていうガムがあったんだ。懸賞付きの。それを俺が買ったらグローブが当たったんだよ。ちっちゃい、ペラペラのグローブだったけど、それでよくキャッチボールをしてもらったよ」と、そんな話を聞きながら、祖父と父がボールを投げ合っている場面を想像してみる。機敏に動き、ボールを投げる祖父。それを父が小さなグローブで受けて、また投げ返す。そんな時間が、確かにあったのだ。

「昔、自転車にエンジンがついたようなバイクがあったの。それに家族を一人ずつ乗せて映画館に連れていってくれたりもした。俺を乗せて行ったら、また今度は兄貴を迎えに行って、それで『銭形平次』の映画を見せてもらったの、今でも覚えてるな」

バイクを乗りこなし、軽やかにあっちこっちと行き来していた祖父。祖父の若い頃の話は、私にとっては何から何まで新鮮だった。家計を支えようとあくせく働き続けてきた祖父のことを思えば、大学で文章を学びたいなどという私のことをなんとも頼りなく感じたろうなと、私にひと言いいたくなった気持ちもわかるような気がするのである。

病床でも衰えぬエネルギー

祖父が亡くなる直前、病院にお見舞いに行った時のこと。痩せ細った祖父は体に何本もの管を通され、なんとか生き長らえているようだった。しかし、祖父はそのつながれた管を嫌がって、放っておくと自分の手で引き抜いてしまうという。それを防止するため、両手に鍋つかみのような厚手の手袋をつけられていた。形だけ見れば可愛気のある手袋で、痩せた祖父との対比が何とも言えず不思議な印象を与えた。私が病室に入っていくと、その手袋の端を口にくわえて引っ張り、何度も外そうとする素振りを見せた。祖父はもう言葉らしい言葉は発せなくなっていたようだったが、「こんな情けない姿、本当はさらしたくないのだ!」と、憤っているのだと私には思えた。痩せ細っても、体の底から沸き起こるエネルギーが祖父の体を動かしている。顔を見ていると、体を震わせるようにして怒鳴っていた時の表情と重なるように思えてくる。その姿から受ける迫力に圧倒されながら私は、祖父はどこまでも祖父なのだと思った。

それからほどなくして祖父は亡くなり、葬式に駆けつけると祭壇には満面の笑みを浮かべた遺影が飾られていた。親戚いわく、その遺影は私が祖父の乗った車椅子を押して歩いている場面を撮った写真をもとにしたものだそうで、色々な写真を集めてみた中でそれが一番いい笑顔だったのだという。頑固な祖父だとばかり思っていたが、そうだ、こんな風に歯をむき出して、可愛らしく笑う人だったと、その遺影を見てやっと思い当たったような気がした。

あれからもう十年が経った。学校が夏休みに入り、下の息子が私に「東京いつ行けるん?」としつこく聞いてくる。「どうかな。八月の真ん中あたり、もしかしたら行けるかなぁ」と煮え切らない言葉を返す私の横っ腹を「早く決めてや!」と言いながら小突いてくる。「わかったよ。じいじの都合聞いてみるよ」と、私はスマートフォンをタッチして父のLINEアカウントを探す。「そうだ、今度じいじとキャッチボールしてみたら?」と提案すると、「うん! やりたい!」と息子はその場で何度も飛び跳ねた。

10　祖母のかけらを拾い集める

祖母の夢をよく見る。二〇一一年の八月に九十二歳で亡くなった母方の祖母の夢だ。親戚みんなに愛された人で、私も祖母が大好きだった。九十二歳まで生きたんだから大往生だと言えそうなものだが、それから十年が経った今も、私は祖母がいなくなったことをしっかりと受け止められないでいる気がする。目が覚めてすぐにそれが夢だとわかっても、まだ自分の中に祖母がしっかりと存在することが確かめられたようで嬉しくなる。

「祖母」と書いたが、私にとっては「かあちゃん」という呼び名が一番しっくりくる。私の母や伯父や伯母にとっては祖母は「かあちゃん」であり、大人たちがそう呼んでいるから孫たちもそれをそのまま真似していた。よく考えると変だけど、可愛らしさと力強さをあわせ持った人だったから、その呼び名が似合った。本名はトシ子といって、大正八年、山形生まれ。「小さい頃、大きな地震があったんだよぉ」と関東大震災の話をしてくれたのを覚えている。関東大震災なんて、歴史の教科書の中の白黒写真のできごとだと思っていたから、その時代から生きている人が目の前にいるということが信じられなかった。

かあちゃんには男三人、女四人と多くの兄弟姉妹がいたという。「一番優しくて頭のよかった兄は戦争で亡くなったらしい」と、これは私の母から聞いた話だ。かあちゃんの妹の一人が横浜に嫁いで行って、その人のことは「横浜のおばちゃん」として私の記憶にもある。東京と横浜の距離だからたまに会っては優しくしてもらった。かあちゃんもその横浜のおばちゃんのもとへよく山形から訪ねてきて、そういう時はついでに東京にも立ち寄り、何日も泊まっていった。

私はかあちゃんが泊まりに来てくれるのがいつも嬉しかった。なんせ相手はおばあちゃんだから、遊び相手になってくれるわけじゃないけど、そういうことではなく、年に数回、山形に行った時にしか会えないかあちゃんが自分の家にいることが、それだけで夢のようだった。

私が小学生の時、父がラジカセを買ってきた。マイクが内蔵されていて、外の音を録音できた。私はそのラジカセを使って友達のギャグとか替え歌とか、なんでも録音することにハマっていて、かあちゃんが東京に来ている間にその声を録音させてもらった記憶がある。「これでかあちゃんの声が録音できるんだよ」と言って録音ボタンを押したら「くぅもぉりーガラスーをー手ーで拭ーいてぇー」と、大川栄策の『さざんかの宿』を歌ってくれた。その時は歌い手も曲名も知らなかったけど、その後も何度か（親戚一同で行った温泉の宴会場のカラオケなどで）歌うのを聞いたことがあるから、きっとお気に入りの一曲だったんだろう。かあちゃんが山形に帰ってしまった後も、テープを再生すれば何度もその声を聞けるのが嬉しかった。

こだわり屋の夫と一緒にいる秘訣

そのかあちゃんが若い頃にお見合いして結婚したのが久吉《きゅうきち》さんという人だ。久吉さんは私の物心がつく前に病気で亡くなっていて、「新し物好きだった」とか「カメラマニアで各メーカーのカタログを片っ端から取り寄せて眺めていた」とか、後になって聞いた言葉でぼんやりとその人物像を想像するしかない。

聞くところによると、かあちゃんの父親は少し酒癖の悪い人で、かあちゃんはそれでつらい思いをしたことがあったらしい。そこで「結婚相手は一切酒を飲まない人がいい」と、選んだ相手が久吉さんだったという。しかし久吉さんは確かに酒こそ飲まなかったが、極端なこだわり屋で気難しいところがあり、それはそれで苦労したそうだ。

久吉さんはきっと自分の世界にとことん没頭するタイプの人だったんだろう。その半面、生活していく上で身の回りのことはすべてかあちゃんまかせにしていたから、一人では何もできなかったそうだ。かあちゃんが近所に回覧板をまわしに行ったついでにどこかの家に上がって話し込んでいたりすると、久吉さんはあれこれと不便を感じ、イライラして子どもたちに「お母さんはどこに行ったんだ！　早く探してこい！」と命じる。友達と遊んでいようがそんなことはおかまいなく「すぐ連れてこい！」と言いつけられ、近所の家を一軒ずつ訪ねては「うちの母は来てないですか?」と聞いて歩かねばならない。「それがすごく嫌だった……」と、私の母は幼少期を振り返る。ちなみに、その久吉さんを見て育った母は「酒を一切飲まない人はかえって気難しいのかもしれない。それなら酒を飲むお調子者の方がいい」と、反動で酒好きの父を夫に選んだそうだが、連日飲み歩いて家に戻らない父を見て「ほどほどに飲む人じゃないとダメだった」と、後悔したという。何事もバランスが肝心という教訓のようなその話を聞いて思わず笑ってしまった。

母が一度、久吉さんの自分勝手ぶりに呆れ果て、かあちゃんに向かって「あんな面倒な人、嫌にならないの?」と聞いたことがあったそうだ。すると、かあちゃんは「病気だと思えばいいんだぁ」と言った。「そうしたら我慢できる」と。「病気だと思え」とは、なんと大胆なアドバイスだろう。もう少し穏当な表現に置き換えるとすれば、「性格というものはその人に元から備わったもので、簡単に変えられるものではない。そういう人だと思ってあきらめろ」ということか。いや……我慢しろといっても、実際に毎日その性格に振り回されて生きる方は大変である。しかし、少なくとも私の見てきたかあちゃんの姿には「辛いことにも黙って耐える」という悲壮感はなく、「そういうもんなんだから仕方ないさ!」と、どちらかといえばあっけらかんと物事を前向きに乗り越えていくパワフルさを強く感じた。こう書くとただの言葉のニュアンスのようだけど、「後ろ向きな忍耐」と「前向きなあきらめ」の違いは大きいように私には思える。

髪の毛を染めるのだけは許さない

私が山形に行くと、かあちゃんはいつも家の軒先で出迎えてくれるのだった。「まず、あがらっしゃい」と、家にあげてもらうとすぐに冷たい麦茶か瓶ビールを出してくれる。そうして昼過ぎまでテレビを見ながら取りとめのない話をして過ごしていると、大抵の場合、かあちゃんが「お宮様さ行くかぁ」と散歩に誘ってくれた。「お宮様」というのは近所にある神社のことで、そこでお賽銭を投げてお参りをし、境内の池にいる鯉や亀を眺めて帰る。散歩といってもたったそれだけなのだが、かあちゃんが歩くスピードにあわせてのんびりと近所を歩いていると、東京の生活で心や体に積み重なった疲れがほぐれていくような気がするのだった。

かあちゃんに怒られたことは一度もなかった。私が五歳ぐらいの時、好奇心からストーブにティッシュペーパーを近づけてボヤ騒ぎを起こしかけ、たまたまそばにいたかあちゃんが風呂桶に水を汲んで消しとめてくれたのだが、そんな場面ですら「ヤケドしなかったか？」としか言われなかった気がする。一度だけ、怒られたというのではないが、高校時代に私がちょっと背伸びをして髪の毛を茶色く染めて山形に行った時、それを見てちょっと嫌そうにして、「黒くしてもらえー」と言って、すぐ近くの美容院に私を連れて行ったくらいだ。私の母も、若かりし頃に髪の毛を染め、それを見たかあちゃんに同じ美容院に連れて行かれたという。

神社への散歩の帰りに、「しまっておけ、なぁ」とお小遣いをくれることがよくあった。

ポチ袋にはかあちゃんの字で「なおさんへ」と書いてある。ちょっとよれよれとした、独特の文字だ。かあちゃんは字を書くのが得意ではなかった。母に聞いてみたところ「かあちゃんは学校に通えなかったから、なかなかちゃんと読み書きができなかったんだ」という。母が中学生の頃のこと。かあちゃんが教習所に通って車の免許を取ろうと頑張ったことがあったらしい。かあちゃんは若い頃に無免許でよく車を運転していたそうだから実技の方はまったく問題なかったが、どうしても学科試験がうまくいかない。本人なりに読み書きを勉強して挑んだのだが、結局合格にいたらず、あきらめることになったそうだ。

一度、山形県上山市にある温泉街にみんなでドライブに行った際、かあちゃんが「ここの温泉ができる時、よく手伝ったんだぁ」と、窓の外を眺めながらつぶやいたのを覚えている。どういう経緯なのかはわからないが、どこかの湯治場を作るために資材を運んだような口ぶりだったから、きっと自分で軽トラかなんかを運転していたんだと思う。私の前ではどこまでも穏やかで優しいかあちゃんだったが、晩年まで周囲の心配をよそに自転車を乗り回していたし、家の庭に咲く草木の世話をいつもせっせとこなしていた。

祖母の手を握ることしかできなかった

髪の毛がツヤツヤでいつも元気に歩き回っていたかあちゃんだったから、いつまでも長生きしてくれると思っていたが、当然いつかお別れをする時が来るということもわかっていたつもりだった。あれは私が中学生の頃だったと思う。かあちゃんが東京に泊まりにきて、妹の部屋に布団を敷いて寝た。妹の部屋と私の部屋は隣り合っていて、もともと一つの部屋だったものをパネルで仕切って二部屋にしたものだ。パネルの上部には隙間があって、隣の音が筒抜けだった（うちで飼っていた猫はよくパネルの上を遊び場にしていて、そこから爪を立てて飛びかかってきたりしたものだった）。部屋の電気を消して布団に寝転んでいると、仕切りの向こうからかあちゃんの寝息が聞こえる。それはなんだかか細くて、頼りないものに思えた。その寝息をじっと聞いていた時、私の中に突然、かあちゃんが死んでしまう時が来るという強い実感がわき起こった。

それから私はその日がやってくるのを常に心のどこかで怖れるようになり、何かやましいことをすると「その罰としてかあちゃんがこの世からいなくなってしまうのでは」と、今思えばよくわからない理屈だが、そんな風に怯え、手を合わせて「もうしません。許してください」と祈ったりした。

かあちゃんが体調を崩し、入院することになりそうだと聞いたのは二〇一一年のこと。三月には東日本大震災が発生したが、山形県内は被害が比較的少なく、親戚たちもみな無事だった。岩手や宮城の被害は信じられないほどの規模だったし、福島の原発事故のこともずっと不安だったが、とりあえず山形のみんなが元気だと聞いて安心していたのもつかの間、父方の祖父が病に倒れ、その数ヶ月後にはかあちゃんが入院することになり、と気が重くなるような知らせが続いた。

かあちゃんの病状が思わしくないと聞き、私は一人で山形にお見舞いに行った。山形駅まで迎えに来てくれた伯父の車に乗り、病院へ向かう。病室のベッドに横たわっているかあちゃんに向かって「お見舞いに来たよー」と声をかけたが、私はそれっきりなんと言っていいかわからなかった。言葉が出てこないので、ただかあちゃんの手を握っていた。かあちゃんの手を握ったことなど、今まであっただろうか。すべすべしている、と思った。かあちゃんはだいぶしんどかったのだろうが、「元気かぁ」といつものように私に言い、心配をかけまいとしてか、「じきに治るから」と言うのだった。

私が大学を卒業してずっと定職につかず、バイトをやったりやめたりしているだけだった頃、山形に行っても、かあちゃんはいつも「体は大丈夫か?」としか聞かなかった。「大丈夫だよ」と答えると「ならいいんだぁ。風邪ひかねぇようになぁ」と言う。「仕事は?」とか「結婚は?」とか、そういうことを聞かれたことは一度もなかった。「風邪だけひかねぇようにな」と、とにかく健康ならそれでいいようだった。その頃の私は今よりずっと適当に生きていたけど、自分の人生がどうなっていくのかという不安がまったくなかったわけではない。だから祖母に会いさえすれば「元気ならそれでいいんだぁ」と人生を肯定してもらえるのがすごくありがたかった。「かあちゃんが元気でいてくれさえしたらそれでいいのに、それだけでいいのに」と、まさか自分が祈ることになるとは思わなかった。

私が生きているかあちゃんに会ったのはその時が最後だった。後から聞くところによると、かあちゃんは看護師になんの不平も言わずに病室でじっと静かに過ごしていたらしいのだが、唯一、「手足が熱くて辛い」というようなことを漏らしたという。見舞いにやってきた私がずっと手を握っていた時も、ひょっとして手が熱を持って嫌だったんじゃないかと、それを聞いて思った。しかし病室のかあちゃんは嫌な顔もせず、心ゆくまで私に手を握らせてくれたのだった。

カセットテープの中に

かあちゃんの告別式で、老人会の会長だという方が弔辞を読んだ。その弔辞の中に「老人会でトシ子さんはいつもみんなと楽しそうに過ごしていました。折り紙を折るのはあまり上手ではありませんでしたが、一生懸命に折っていました」という一節があった。私はかあちゃんがそういう会のメンバーだったことも知らなかったし、そこで折り紙を折っていたことも、そして折るのがそんなに上手ではなかったこともまったく知らなかったから、不思議な気がした。

かあちゃんと一緒に暮らしていた伯父夫婦や、私の母や、私以上にかあちゃんのことをいつも大事にしていた山形のいとこたちは、私が知ることのできない時間をかあちゃんと一緒に過ごしてきたのだ。いつも身近にいた人だけでなく、老人会のメンバーや、近所の友達や、若い頃の知り合いや、まったく縁もゆかりもない、ただかあちゃんが自転車に乗って走っていく姿を見ただけの人の中にもかあちゃんの記憶が残っているのかもしれない。

かあちゃんが生きていた時間は、かあちゃんがいなくなった今、残された人たちの中に散らばって存在しているのだと私は思った。そして、この世界に散らばったかあちゃんのかけらを全部集められたらいいのになと、遺影を眺めていた。

それから私は何度もかあちゃんの夢を見た。かあちゃんをおんぶしながらあてもなく歩き続けていくような心細い夢もあれば、子どものように無邪気に笑うかあちゃんを見てホッとする夢もある。夢の中で会えるのは嬉しいけど、夢の中でしか会えないのは寂しいことでもある。寂しくてたまらなくなると、あのカセットテープのことを思い出す。かあちゃんが『さざんかの宿』を歌ってくれた時のカセットテープだ。今も私の部屋の奥にしまってあるから、いつかもっと、どうしようもないぐらい寂しくなった時に再生してみようと思っている。

11　世界に一つだけのかめきち

　強い日差しの下を私は背をかがめて歩いていた。セミの鳴き声が空間の隅々まで満たそうとするかのように響く。近所の大通りを、歩道脇の植え込みの根元を覗き込むようにして進む。「見つかるわけがない」と思いつつも、そうやって諦めかけた時にこそふいに「かめきち」の姿が視界の隅に現れそうな、そんな気がして仕方ない。

「かめきち」とは、わが家の次男が大事にしていた亀のぬいぐるみのことである。数年前に行った遊園地の売店に、動物をかたどったぬいぐるみが大きいのから小さいのまで並んでいた。動物園でもないのになぜあんなにたくさんの動物のぬいぐるみが売られていたのか、今となっては不思議だが、次男はその中から亀のぬいぐるみを手に取り、「これが欲しい」と言った。甲羅は抹茶色とも言えそうな緑で、顔や手足はベージュ色。頭から尻尾までで十五センチほどの長さだったろうか、それほど大きくはなくて、値段もまあ、出せないほどではない。

次男がそうやって物を買って欲しがるのはよくあることだから、いつもなら「はいはい、もう行くよ」と要求に応じずに売店を出るところだったが、その時の私は「買ってやってもいいかな」と思った。外で待っていた妻は、次男がぬいぐるみを手にして出てきたのを見て「えー！ そんなん、なんで買ったん？」と言い、その後も「もったいないわ。まだ返品できるんちゃう？」と何度かぼやいていたが、とにかくそうしてその亀は次男のものになったのだった。

「かめきち」という名前をつけ、以来、次男はそのぬいぐるみを心の友のように大切に扱っているようだった。もともとぬいぐるみの類が好きで、自室のベッドに色々並べて寝ている次男だが、「かめきち」は他のものたちとは別格らしかった。どこかに遊びに行く時、肩掛けカバンの中に「かめきち」をいつも入れていく。旅行に出かける時も当然連れていくし、私の父や母や東京のいとこたちに「これ、かめきちやで」と紹介したりしていた。

その「かめきち」が無くなった。私と長男が家にいなかったある日の夜、妻と次男の二人で近所にある「餃子の王将」に夕飯を食べに行った。そんな時でも次男はやはり「かめきち」を連れていく。食事をして帰ってきて、いつも通り「かめきち」と一緒に寝たはずだったのに、翌日、どこを探しても見当たらない。

妻は「一緒に寝たんやろ？ だったら絶対家にあるわけやん」と、家のあちこちを探すように言った。次男は記憶をたどる。外で夕飯を食べた時に一緒だったことは間違いない。食事をして、自転車に乗って帰ってくる時にも持っていたはずで、でもその後で本当に一緒に寝たか、そこは記憶があいまいらしかった。

家の中をおおよそ探し尽くし、それでも見当たらないので、妻が「餃子の王将」に電話した。「そういった忘れ物はない」とのこと。その後でアイスを買いに寄ったというコンビニへは次男が自分で電話をかけた。「亀の人形の落とし物ありますか。小さいです。緑色です」と、店員にたずねるも、やはり見つからなかった。

できる限りの手は打って、次男は「かめきち」にもう会えないかもしれないということに改めてショックを受けているようだった。ゲームをしたりマンガを読んだりしている時はいつもと変わらないが、そういう楽しい時間が過ぎると「かめきち」のことを思い出すらしく、ふと悲しげな顔をしていたりする。

それからもまだ、「ハサミの切る方を上に向けて『ハサミさん、一緒に探してください』と話しかけると見つかるって」と、誰かから聞いてきたおまじないを試したり、七夕の短冊のつもりなのか、「かめきちが見つかりますように」と書いた紙を、いつも靴下を干している物干しハンガーの洗濯バサミに挟んでみたりしていた。

どこまで探しても見つからない

その様子を見ていて、私は近所を探し歩くことにした。「餃子の王将」から家までの道をできる限り細かく確認しながら歩く。意識がもうろうとしてくるほどに暑い日だった。しかし結局見つけることはできず、私は交番の引き戸を開く。後ろ手に戸を閉めるとセミの声が遠くなった。期待したほどクーラーは効いていない。

若くて健康そうな警察官が「どうしました?」と言い、「子どもが落とし物をしまして」と、私はパイプ椅子に腰かけて話し始める。警察官の前ではいつも萎縮してしまう。

「落とし物ね、どんなものですか」「亀の形のぬいぐるみです」「亀? ぬいぐるみの? はぁ」と、そこで若い警察官が少し呆れたような声を出した気がして、いたたまれない気持ちになる。

「本人が大事にしていたもので、見つからないとは思うんですけど。忙しい時にすみません」「名前は?」「名前ですか? ……かめきちです」「いや、お子さんの名前はどこかに書いてありますか?」「ああ、無いです」「名前が書かれていないと、それがお子さんの物であるという確認が難しくなるので、ええと、他に特徴は?」その後もいくつかの質問を受け、「調べてみたが現時点でそういう落とし物の届けは出ておらず、それらしきものが見つかれば連絡する」という主旨の言葉をかけられ、私は再び強烈な日差しの中へ出た。

物より思い出と妻は言う

それから数日後の夕飯どき、居間で私が作ったタコライスを食べながら妻が、昔自分が大事にしていたという人形について話した。小学校の低学年だった頃、親に買ってもらったのだそうだ。自分の名前の一部を取って「まき太」という名前をつけ、一時期は肌身離さず持っていた。頭がぱっくり割れたように布地が破れても、母に縫い合わせてもらった。大切にしていたけど、いつの間にかその存在が自分の中で小さくなっていった。数年前、実家の荷物を整理していた時にその人形が見つかった。妻はお清めのつもりの塩と一緒に人形を袋に入れ、捨てたと話す。

それを聞いた次男は炒めたひき肉とライスをスプーンで掬って食べていた手を止め、「えー！　捨てたん」と言う。妻が「私もどっちかっていうと何でも取っておく方やったんやで。でももう、持っててもしゃあないっていうスタンスに変わってん」と言うので、私が思わず「どうしてそうなったの？」と口を挟むと、妻が私の方を向き、ものすごい速さで「あなたのせいです！」と言い返すので反射的に笑ってしまった。

「お父さんと一緒にいてな、私まで何でも取っておいたら家がめちゃくちゃになるから、そういう風に変わったんよ」と、妻は次男の方に向き直って言う。

たしかに、出会ったばかりの頃に訪ねた妻の部屋には物がたくさんあった。彼女は一時期イラストレーターを目指していたから、画材道具やキャンバスに描いた絵が部屋の一角を占めていたし、画集やマンガ、絵を描く上での参考になるかもと雑誌の切り抜きなどを集めたスクラップブックが本棚にずらっと並べてあった。

人体模型や大きなウミガメのオブジェなんかも床に置かれていて、「なんかアートっぽい、かっこいい部屋だな！」と思ったのを覚えている。

一緒に暮らすようになり、二人目の子どもが生まれた頃だったろうか、妻はそういった物の大部分をごっそりと捨てた。捨てた物の中には絵の具や筆なども大量にあったし、過去に描いた絵もあった。妻がそれらをゴミ袋にどんどん投げ入れていくのを眺め、すごく寂しく感じた記憶がある。

「お母さん、マンガが好きやったから、『りぼん』もずっと取ってたし付録も全部取っておいたんやで。でもある時そういうのが変わってん。物を持ってることに意味はそんなに無いねん。思い出はもう心の中にあるやん」と、そう語る妻に対して次男が手を挙げ、「はい！大事なマンガを捨ててまた読みたくなったらどうするんですかー！」と聞く。「どうしても読みたかったらまた買える」「はい！　はい！　もう買えない物だったらどうするんですかー！」「その物が大事だったっていう思いは頭の中にあって、物の方にあるわけじゃないねん。だから大丈夫です」

そのやり取りを聞いている私は物がまったく捨てられない方なので、旗色が悪くなってきているのを感じ、黙って味噌汁を飲んでいる。すると私の逃げの態度を察した妻は、居間の隅に置かれた本棚を指差し「見て！　お父さんのこの本！　ここだけなら何も言いません。部屋なんかもう、足の踏み場もないやん。部屋の意味ないやん。物を持ってるけど、持ってるだけやろ。これは本当に大事にしてることになるんか？　って。ここの本、全然読んでないやろ。こんなん、古本屋さんに売っぱらって、ちゃんと読んでくれる人に渡った方がいいねん。なあ、どう思うんや！」と徐々にヒートアップしていく。「物って、なんか、賑やかな気持ちになるよね。なあ」と私は次男に向かって言うが「ならへんわ！」と妻。

次男が再び手を挙げ、「はい！　大好きな天路《あまじ》そら君の写真は捨てられるんですかー」と言う。「いい質問ですね。それは捨てません。っていうか宝塚を見たらなんでも浄化されるからな。宝塚のおかげやわ。年齢もあるんかもしれんけど、とにかく執着が減った。昔は『なんであんなこと言ったんやろ』とか、言動についてもくよくよしてたけど、考えんようになった。まあ、そら君に手紙書いた後で『あのこと書き忘れた！』とかはめっちゃ思うけどな」と、途中から妻は自分自身に言い聞かせるかのように話し続けた。運良く私が厳しい追及を逃れたところでその日の夕飯は終わった。

捨てるものを探してる

その夜、私が洗濯機から取り出した衣類を干していると、妻に「今度、小熊さんにインタビューしたら面白いんちゃう？」と提案された。小熊さんは美容師である。妻が昔から髪を切ってもらっていて、いつのタイミングだったか私も紹介され、それ以来、三ヶ月に一度ほど、その美容室に髪を切ってもらいに行くようになった。

三人の子どもを育てながら一人で美容室をやっている小熊さんは「物を捨てるのが趣味」というような人で、いつもその豪快な捨てっぷりについて、ギャグを交えつつ話してくれる。「なるほど、小熊さんがなんでそこまで物を捨てられるのか、改めて聞いてみよう」と思い、ちょうど髪もボサボサに伸びてきたところだったので、美容室を予約することにした。

平日の昼下がり、家から自転車で十五分ほどの場所にある小熊さんの美容室の椅子に座り、髪を切ってもらいながら話を聞く。一日に数人、育児をしながら対応できる分しか予約を受け付けないスタイルだから、この場にいるのは小熊さんと私だけだ。

――物を捨てるのは昔からなんですか？

「昔ね、姉がカフェやって私も同じところで美容室して、二人で一緒にやってた時があったんですよ。それでね、お姉ちゃんが妊娠して、切迫早産かなんかで入院することになって、店の継続が無理ってなったんです。退院したら実家に帰るから、もう店を閉めるってなって。広い店やったんですけど、私がその片付けをしたんですよ。そしたらお姉ちゃんの私物が奥からめっちゃ出てきて、それがめっちゃ大変で。でね、電話で聞きながら『これは？　捨てていいん？』みたいにしたら、結局ほとんど全部『捨てていいわ』って言うんです。全部いらんかったんやって」

――それがきっかけなんですね。

「きっかけですね。自分が死んだりしたら『これ全部残るやん』って思ったらもう片付けたいって思うようになって、ちょうどミニマリストの本が少しずつ流行ったりしてきたのもあってね。そういうの読んで捨て始めたらなんかめっちゃスッとするんですよ。捨てない生活に戻れないんですよ」

――へー！　そういうものなんですね。

そんな話をしながらも、小熊さんはハサミを動かし続けていて、鏡の中の自分の頭はすでに切り始めよりだいぶさっぱりしているように見える。

「常に捨てるものを探してる感じになってくるからね。お客さんでね、この前『これとこれがしまえる棚が欲しいんですよねー』って話してた人がいたんですけど、『そもそもそのこれとこれが捨てられるやろ』って思ってしまうんですよ」

――ははは。捨ててしまえば収納自体がいらないっていう。

「ほとんど捨てられるんですよ。私は卒業アルバムも捨てますから。見たかったら誰か同級生に見せてもらえばいいやんって」

――卒業アルバムも捨てられるのすごいなー。お子さんの描いた絵とかはどうなんですか？

「そういうのは取っておいてるんですよ。収納にはかなり余裕があるんでね。『反抗期になった時とかに見せるといいでー』って聞いたんで取っておいてますけどね。ああいうのってだいたい紙の物が多いでしょ。紙ってね、思い切ったら一瞬で捨てられるんですよ」

――そうか、一発で捨てられるから今捨てなくてもいいと。

「そうです。家電とかが一番増えたら困るんですよ。なかなか壊れないでしょ。うちの旦那さんがね、電気スタンド買ってきたんですけど、『えー！　どうすんの』って。部屋の雰囲気を変えたい時とか困るでしょ。でもそういう時はテクニックがあって、一回『これ子ども部屋に合いそうやな』って移動して、数ヶ月後に捨てるんですよ。二段階で捨てる」

――ははは。二段階テクニック。でも物は結構買うんですよね？

「買います買います！　今、マッサージガンってあるの知ってます？　すごいらしい。あんなんも欲しいし、あと走るのハマってからランナーの書いてる本とかめっちゃ買いますから。読んだら即メルカリに出品しますけどね」

昨年あたりから急に走ることの面白さに目覚めたという小熊さんは、「大阪マラソン」への出場をとりあえずの目標に定め、毎日近所の公園を走っているという。

「私ね、逆に一点ものを持ってるのが怖いんですよ。この世に一個しか無いものを持ってるのが苦手なんですよね。私が捨ててしまったらもう二度と手に入らないっていうのが、なんかめっちゃ怖いんです」小熊さんはそう言いながら、床に落ちた私の髪を手際よく掃き集めている。

「かめきち」でしかないあのぬいぐるみ

髪を切ってもらってさっぱりした数日後、私は知人と酒を飲んだ帰り、駅から家までの夜道を再び「かめきち」を探しながら歩いていた。というか、あれ以来、近所を歩いている時、私は常に「かめきち」を探すようになっている。

もしかしたら誰かが拾い上げ、道の傍らに置き直してくれているかもしれない。その可能性がゼロではないと思うと、あちこちに視線を振りまきながら歩かずにはいられない。

しかし、「かめきち」はやっぱり今日もいない。なんでいないんだろう。あの時、次男が売店で、パッと手に取った、たったそれだけのぬいぐるみ。たぶん今もその店に行けば同じようなものが売られているだろう。特に吟味して選んだのでもない、行き当たりばったりに選んだその一つが、しかし、次男にとっては他に取り替えようのない「かめきち」になった。

次男のカバンに収まって色々な場所に一緒に行った「かめきち」は、ただの大量生産されたぬいぐるみではなく、この世に一個しか無い「かめきち」なのだ。

私や私の家族たちが、ランダムとしか思えない形で、なぜかそこに存在して、私にとってそれぞれが取り替えのきかない存在であるように、「かめきち」でしかないあのぬいぐるみが、この町のどこかにきっといると私はまだ信じて歩いている。

酔って感情がたかぶっていたのもあって、私は泣きながら家に帰った。それを見た妻が「はあ？　なんで泣いてんの」と言う。「かめきちがいなくて悲しくなってきた」と手の甲で涙を拭っていると、妻は背を向けて去って行きながら「あの子、同じぬいぐるみ買って欲しいって言ってたで。もう名前も考えてあるって」と言うのだった。

12　いつかあの劇場の近くで

二月の初旬、夕飯を済ませて食器の片づけをしていると、妻が急に「バレンタインデーって何が欲しい?」と聞いてきた。私は驚いてすぐに言葉が出ず、「えっ……」と言ったまま妻の顔を見ていた。すると妻は「あ、違うで。そら君のバレンタイン、何がいいかなって」と、平然とした口調で言う。「ああ、そうだよね。びっくりしたわ! 何かくれるのかと思った」と、私の体はそこでようやく金縛りが解けたように軽くなった。

妻が「そら君」と言っているのは、宝塚歌劇団の星組に所属している「天路そら」という人のことである。リズム感が抜群でダンスにキレがあり、芝居も歌も上手な男役で、妻が力を入れて応援している劇団員なのだ。

「バレンタイン、何がいいかな?」というのは、私が何か流行りのスイーツでも知らないかと思っての質問だったらしい。以前であれば、ご贔屓のスターにプレゼントを贈るのは熱心なファンなら当たり前のことだったそうなのだが、コロナ以降、物を贈ることができなくなってしまった。そこで妻は甘いものが好きなそら君にファンレターを書き、その中でバレンタイン向けのおすすめスイーツを紹介したいと考えたようであった。

妻から何かもらえるのだろうかと、一瞬でも考えた自分が恥ずかしくなった。バレンタインデーやホワイトデー、クリスマスだろうが誕生日だろうが、お互いにプレゼントを贈りあうことなどなくなった私と妻である。私は気を取り直し、「この前ネットで台湾のカステラの美味しそうなのを見たよ」と、一緒にそら君におすすめしたいスイーツを考えることにした。

オペラグラスがないと見えないもの

妻がそら君のことを初めて知ったのは数年前だそうだ。テレビで放送されていた宝塚歌劇の舞台を録画して見ていたところ、トップスターの後ろにやけに笑顔が素敵な男役が立っている。すぐに名前を調べ、しばらくして「お茶会」に参加した。お茶会とは、特定のスターを応援するファンクラブが、そのスターを招いて開催する集まりのことである。私は妻から聞いた話でしかその様子を知らないが、間近でスターの姿を見られる上、舞台上とは違った飾らないトークを聞くことができ、さらには集まった人々のリクエストを受けて歌を歌ってくれたり、希望したセリフをかっこいい表情で言ってくれたりと、夢のような時間が過ごせるらしいのだ。

「そのお茶会でそら君が話しているのを聞いて、なんていい子なんやろうと思ったんよね。

すごく癒される。なんて言うんやろう、存在がもう、癒しそのものやな。普段の話し方は可愛らしいのに、舞台ではめちゃくちゃかっこいい。そのギャップが素敵やねん」と、妻はそら君の大ファンになった。その後すぐ、そら君が長く舞台を休んだことがあり、約一年後に待望の復帰作を見て、全力で応援していきたいという思いがさらに強まったという。

「そら君のダンスっていうのはそんなにすごいの？」「どんなキャラの人なの？」と野暮な質問を繰り返す私に対し、妻は「見ればわかるから、まず、見てみて！」と、宝塚関連のグッズなどが整理されて並んでいる棚から何枚かのＤＶＤを引っ張り出してきた。

妻はそら君が登場する場面を何度も再生しながら、「ほらここ！　動き、すごない？　早送りみたいやろ」とか「ここでこんなウィンクできるとか、なんなんやろうな」などといったコメントをつけて、その魅力を教えてくれた。そら君はトップスターではないから、決して一つの舞台の中にたくさんの出番があるわけではない。舞台が映像化される場合、やはりどうしてもカメラはトップスターや、二番手、三番手など、人気のある方に向きがちだ。後ろの方に立っているそら君は、チラッと映ったかと思えば、すぐに画面から外れてしまったりする。

妻の解説を聞きながら様々な舞台の映像を繰り返し見ていくうち、いつしか私は画面の中にそら君を見つけるのが得意になってきていた。「あ、今、一瞬右の後ろに映ったね」と私が言うと妻が「え？　本当？　今いた？」と映像を巻き戻す。画面のギリギリ端の方ではあるが、たしかにそら君らしき姿が見える。キレのあるダンスだ。間違いない。「ほんまやな。

よう見つけたな！　腕、上げたな！」と妻に褒められ、悪い気はしないのだった。

妻いわく「舞台が映像化されるのはありがたいことだが、このように、トップ級のスター以外はどうしてもしっかり映してもらえない。だから劇場に足を運ぶ必要があるのだ。劇場にいけば、オペラグラスを使って、好きな人だけを心行くまで見つめることができるから」と。それを聞いて、ようやく私は、宝塚ファンが同じ舞台であろうと何度も何度も観に行く理由が理解できた気がした。

時間を止めて、舞台に上がって

そら君を自分の目で見つけられるようになった頃から、妻とともに宝塚の舞台を観にいくことが増えた。子どもたちが出かけている間に寄り道せずに行って帰ってくるだけだが、それは私にとっても特別な時間になった。前半と後半の間の休憩時間に、終演後の帰り道に、「あの場面の演出はよかったね」などと感想を言い合う。ここ数年、妻とそんな風にゆっくりと言葉を交わすこともあまりなかったから、なんだか新鮮な感覚があった。

二〇二一年の秋、山田風太郎の小説『柳生忍法帖』を原作とした舞台に、そら君が出ているのを観に行った。途中、黒頭巾をかぶった忍びの者たちが現れ、舞台上を駆けていく。ほんの少しの出番だが、その黒頭巾の中にそら君がいるという。配役上はたしかにそのはずなのだが、黒頭巾の中のどれが一体そら君なのか、すでに何度も同じ舞台を観に通っている妻も特定できないらしかった。「たぶん、あれやったと思うんやけどな。どうかなぁ。確信が持てへんわ」と妻は帰りの電車で悔しそうにつぶやいた。

「私にもし時間を止める能力があったら、パッと時間を止めて、舞台に上がって、頭巾をずらして確かめたい。この人がそら君やってわかったら、頭巾を直して、客席に戻って、また時間を動かす」と妻は言う。それを聞いた私は「せっかく時間を止められるのにそれだけでいいの!?」と笑ってしまった。そして笑いながら、そんなにも熱心に何かを求められるということに感動を覚えもした。

母と子のファンレター講習

最近、小学四年生になる次男は荒木飛呂彦のマンガ作品『ジョジョの奇妙な冒険』のシリーズにハマっていて、その面白さについて、ひっきりなしに私に語りかけてくる。

「第七部に出てくるジョニィ・ジョースターっていう主人公とな、ジャイロ・ツェペリっていう人がな、まず最初に会うねん。で、ジョニィがジャイロに憧れてな、一緒にスティール・ボール・ランレースに参加してな、ジャイロと敵とか倒してな、冒険するねんな。なんか、かっこいいねん。『遠回りこそが俺の最短の道だった』っていうセリフとかあってな、かっこいいねん。ジョニィがやられそうな時に助けるねん。でもヴァレンタインっていう敵にやられてな、死ぬねん。それが悲しいねん」

私がパソコンに向かって原稿を書いている時も、台所で夕飯を作っている時も、止まらない勢いで、ずっと話しかけてくる。小学生時代にちょっとだけ『ジョジョ』を読んだことがあっただけの私は、息子が何を言っているのかまったくわからないまま、「へぇー」とか「そうなの」とか、適当な相づちを打っている。

先日、その次男が、荒木飛呂彦氏にファンレターを書くんだといって机に向かっていた。妻がその横に立ち、「まず、出だしは〜」「どれだけ好きかをここら辺にちゃんと書いて〜」と指導している。舞台を観るたびにそら君にファンレターを書き、舞台が無い時期にもそれはそれでファンレターを書いている妻だから「手紙書くなら任せてや！」ということなのだそうだ。一方、長男はオンラインゲームとバスケットボールに熱中していて常に忙しそうだ。

私だけ、何も没頭できるものがない気がして、焼酎を飲みながら、飼っているハムスターのカゴをぼーっと眺めている。姿を見せたハムスターは、エサで頬をパンパンに膨らませ、自分の寝場所へと戻っていく。いつの間にか、家族の中で自分だけが取り残されてしまったような、心細さを感じる。

夢中になるというのとは違うかもしれないが、私は本をどんどん買ってしまう。本を買って読むのは昔から好きだったが、文章を書く仕事をし始めたというのが自分にとっての免罪符となり、その勢いはますます加速している。部屋の本棚はとっくに埋まり、床に本が積み上がって足の踏み場がなく、部屋の外に増設した本棚も一杯になりつつある。そんな状態であるところにまた、通販で買った本が新たに届く。もともと読むスピードが遅い私だから、とにかくどんどん買っているばかりだ。買った時点でもう気が済んでいるところもある。

「一生かかっても読めないだろう」と思うのだが、やめられない。妻が宝塚を生き甲斐にして日々を送っているように、私は本を買うことで心のバランスを保っているのかもしれない。

宝塚の不動産情報を眺めて

ふすまの向こうから、ピヨロロローンと、ちょっと間の抜けた電子音が響いてくる。「オタマトーン」という電子楽器を、妻がずっと練習しているのだ。そら君が同じ楽器を上手に演奏できるそうで、自分も同じように演奏したいらしい。宝塚歌劇団のテーマのような曲で私も何度も耳にしたことのある『すみれの花咲く頃』のメロディを、たまに音を外したりしながら、飽きずに繰り返し弾いている。最近、そら君が再び舞台を休演することになって、妻は心を痛めているのである。

「そら君がとにかく今は美味しいものをたくさん食べて、ゆっくり休んで笑顔で過ごしていますようにって思う。いつまででも待ってるけど『待ってます』とは気軽に言われへん。重いやん。謙虚でいたい。とにかくそら君が存在していることが、それだけでありがたい。産んでくださった親御さんにも感謝したいしな。もし親御さんに会ったら手を合わせると思う。産宝塚好きな人は、みんなそうなんちゃう？　産んでくれてありがとうって思ってるで」

と、まるで次男が『ジョジョ』について語るような怒濤の勢いで、心境を語ってくれた。

数日後、私と妻はまた宝塚駅に降り立っていた。そら君が所属しているのとは別の組の舞台だったが、また違ったカラーがあって面白く、華やいだ気持ちになった。午後二時頃に舞台を観終えて、遅めの昼ご飯を食べるため、二人で歩いていた。妻にこの辺りで評判だというインド料理店へ案内してもらい、美味しいカレーを食べた。食事の合間、私は妻に、宝塚好きの知り合いのことを話した。

最近知り合ったその人は、宝塚歌劇が好きで好きで、劇場の近くのマンションを購入して住んでいるのだった。もともとは東京出身で、仕事もずっと東京を拠点にしてきたそうだが、コロナ禍となって大好きな旅行ができなくなり、これを機にと、前から好きだった宝塚にすべてを捧げることを決意したのだという。

劇場から徒歩十分ほどのその人の部屋に私は一度お邪魔したことがあった。大きなテレビの周りにはたくさんのＤＶＤやブルーレイが並んでおり、観劇が終われば、お酒を飲みながらここで映像を見て過ごしているんだという。気に入った舞台が上演されている期間は毎日全公演を観劇していること、東京から宝塚仲間が来て泊まっていく日が頻繁にあることなどを本人から聞いた。インターネット環境さえ整っていれば場所を選ばずにできる仕事をしていることもあり、まったく不自由はないとのこと。私にはその生活がすごく満ち足りたものに見えた。

カレーを食べ終えて、少し周囲を散歩した。宝塚大劇場の脇を流れる武庫川沿いを進み、劇場前を通る「花のみち」と呼ばれる道を歩いた。妻はスマートフォンをのぞきながら、「やっぱり間取り次第やな。でも結構高いな」とつぶやいている。この周辺の不動産情報を検索しているのだ。「まあこのぐらいなら。でもな、うーん。やっぱり老後やなぁ。相当しっかり貯金していかんと」と言う。「でもあれやな、仕事しながらとしても大阪までなら通えるやろうし、子どもらが独立したらこっちに引っ越してもいいんかもな」と、頭の中ではすでにだいぶ話が進んでいるようだった。

私は視線を上げ、あちこちに見える高層マンションの上階を眺める。そんな暮らしがあり得るんだろうか。今はまったく想像もつかないが、東京で過ごしてきた私が今のように大阪で暮らしていることだって、十年前には想像だにしなかったことである。人間、どこでどうなっていくかわからないものだ。

「ここに暮らすってどんな感じだろうね」と私がつぶやくと、妻は「どうする？　あなただけ東京に戻ってもいいしな。そしたら私が東京で宝塚観る時に便利やしな」と言い、続けて「それかまあ、二人で宝塚に住んでもいいけど。どっちでもいいよ。あ、でもあの部屋は絶対どうにかして。本とか相当捨てないと一緒には住まれへんわ」と言った。

部屋を圧迫するほどにたまった本をすっかり処分し、最低限の荷物だけ持って、宝塚に引っ越してくる。そんな自分を想像してみると、それはそれで、悪くはないように思えるのだった。

13　旅の夜のインタビュー

小学生の次男と二人で金沢に行ってきた。次男は少し前から荒木飛呂彦の『ジョジョの奇妙な冒険』シリーズに夢中になっていて、自分の部屋にマンガを全巻揃えて何度も読み返し、作中に登場するセリフを日頃から繰り返し暗唱したりしている。

ちょうどそんなタイミングで、金沢の美術館で荒木飛呂彦の原画展が開催されていることを知った。次男は「絶対行きたい！」と色めき立ち、私は私で「みんなでそれを見に行こうか。久々の家族旅行でさ」と旅費やスケジュールのことも考えずに調子のいいことを言う。

しかし、いざ具体的に計画を立てようとしてみると、長男は学校の中間試験に向けた勉強やバスケットボールの練習で忙しく、会期中の週末を旅行に割り当てることはできなそうだった。いきなり頓挫しかけたところで、妻が「金沢、久々に行きたいけど無理やな。二人で行ってきたら？」と言い、それを横で聞いていた次男が「うんうん。それでもいい。絶対に行きたい」とうなずき、私と次男の二人旅が決まったのだった。

大阪駅から金沢駅まで、特急サンダーバード号で三時間弱。一泊だけの旅だから、荷物は少なく、二人ともそれほど重たくないリュックを背負っているだけの身軽さだ。京都をあっという間に過ぎ、以前、子どもたちを連れて〝湖水浴〟に来たことのある琵琶湖のほとりを通って電車は走る。次男はサイダーを、私は缶チューハイを飲み、少し眠って目を覚ますだけでもう金沢がだいぶ近くなっている。

子どもたちがもう少し幼かった頃は電車に一時間も二時間も乗っていることがすごく大変だった。彼らは座席でおとなしくしていなければならないことにストレスを感じ、それをなんとかなだめたり、騒ぎ出せば注意したりしなければならないことが大人にとってもストレスで……と、お互いすごく疲労した。その頃に比べれば、それぞれ、したいことをしながら静かに過ごしていられる今はなんと快適かと感じる。

息子に「これまでの人生」を聞く

金沢駅に着くと、駅前のビルの中にある回転寿司店へ直行した。原画展がメインの目的である旅だから、「そのかわり食べたいものはお父さんが選んでいいで」と次男に言われている。とはいえ、子連れで入っても迷惑でないような店で、子どもが食べたいようなものがメニューにあって、少しゆっくりめに食事をしていい場所というと選択肢が限られる。回転寿司ならお互いに食べたいものを食べられる量だけ注文すればいいし、あまり焦ることなく気楽に過ごすことができる。

ビルの中の回転寿司といっても、日本海の新鮮なネタが食べられる人気店で、私はノドグロやエビを夢中になって次々とほおばり、次男も大好きなカニを食べることができて喜んでいた。ちょうどそのビルの中に、原画展と連動した『ジョジョの奇妙な冒険』関連の特設コーナーが作られており、作品に登場するキャラクターの大きなパネルと一緒に写真を撮ったり、ジョジョグッズを買ったりすることもできた。

肝心の原画展は人気のために入場が事前予約制になっており、翌日に見て帰る予定だったので、あとはもう、夜が来るまで金沢を二人で観光して過ごすだけだった。近江町市場でソフトクリームを食べ、金沢城公園や兼六園を散策し、スーパー銭湯で露天風呂に浸かり、と、だらだらした時間を満喫した。

中華料理のチェーン店でラーメンとチャーハンと餃子を食べ、予約してあったビジネスホテルに戻ると、ベッドに横になって、テレビを見ながら過ごす。時計を見るとまだ二十時を過ぎたばかり。これが一人旅や友人との旅行であれば「夜はこれから」とばかりにお酒を飲みに繰り出すところだが、この日はコンビニでチューハイとつまみを買って、それをちびちびと飲みながらくつろぐことになる。

「明日が楽しみだね」「うん！　グッズ残ってるかな。欲しいのいっぱいあんねんなー」などと次男と話すうち、なんとなくインタビューごっこのような遊びが始まった。

――ジョジョの何がそんなに好きなの？

「そりゃあまあ、面白いから」

――面白いのは、どんなところ？

「スタンドがいっぱいでてくるし、絵もなんか、面白い」

――好きなキャラはなんだっけ？

「ウェザー・リポート。かっこいいから」

――そうか。今回は二人で来たけど、どう。

「楽しい。お寿司屋さんのアイスが美味しかったです。ジョジョと写真も撮れたからよかった」

――家族みんなで来れたらよかったけど、まあ、これもこれでいいね。大阪にいるみんなにメッセージはありますか？

「それは、何もありません」

――ないの？　じゃあ、そうだな。お母さんはどんな人ですか？

「よく怒られるけど、もう慣れました。いろんなことやってない時、歯磨きとか、宿題とかで怒られるけど、優しい」

――お兄さんについてはどうでしょうか。

「怖い。怒ったり暴力したりしてくるから、やめて欲しい。もっと優しくして欲しい」

――じゃあ、お父さんについてはどうでしょう。

「もっと、お酒を飲むのを控えて欲しい」

——ははは。なんで？

「がんとか、病気になったら嫌やから」

——ああ、そうだよね。でもな、お酒は……。

「じいじも、お酒を飲むのを控えて欲しいです。大人になったら一緒に乾杯したいから、それまでやめて欲しい」

——じいじはお酒やめられるかなー！　でも伝えておきます。

「もう、インタビューはこれで終わりです。私は、テレビのチャンネルを替えたいと思っています（ベッドの上を見回し、リモコンを探している）」

——じゃあ最後にちょっとだけ。どんな大人になりたいですか？

「はい。仕事の夢はたくさんある。じいじの仕事を手伝う人とか、料理人とか、アイスキャンディー屋さんとか、マンガ家とか、バスケット選手とか、小説家とか、色々なりたいです」

——何をしてる時が楽しいですか？

「マンガ読んでる時と、友達と遊んでる時」

——あなたのこれまでの人生はどうでしたか？

「ジョジョが読めたので、生まれてよかったです。あとは、じいじとばあばと、みんなと会えたので、よかったです」

そんな風に、次男に対してのインタビューは終わった。途中から面倒くさそうに私の質問に答えていた次男は「やっと終わった。やれやれだぜ」とリモコンを操作している。いつもより少し夜更かしした後、一つのベッドに入って眠り、翌日、原画展を見に行った。

しっかり予習しなくてはと思いつつ、結局、全体で百巻以上に及ぶ壮大な物語の序盤も序盤、第三巻までしか読んでこられなかった私は「これ、誰？」「このシーン、何？」と次男に聞いてばかりだったが、そんな私にも原画の迫力は伝わってきたし、何より次男はとても喜んでいたようだった。

当初の予算を超えてグッズを買い込み、大阪に残してきた妻と長男へのお土産も買って、私たちはかなり荷物を増やして帰路についた。疲れた次男が座席の上で、体を畳み込むようにして窮屈そうに眠っているのを眺める。昨夜のインタビューの中で、「病気になったら嫌やから、お酒を控えて欲しい」と言われたのを思い出し、電車に乗る前に買っておいた缶チューハイをビニール袋から取り出そうと伸ばした手を止める。

母とラーメンをすする

少し前のことになるが、二〇一八年の十月十六日、私は仕事で東京にいた。東京に行く時はたいてい母に連絡をして、時間があれば地元の中華料理店で昼ご飯を食べながら、近況を報告し合う。その日もそうやって母と向き合ってラーメンをすすっていた。

その時、母は少し前に受けた健康診断で胸にしこりが見つかり、乳がんの疑いがあるらしいことを私に告げた。一週間後に正式な検査を受け、それからさらに一週間ほどすると結果がわかるのだという。母は中華料理店の窓から見える近所の風景をぼーっとした様子で眺め、「この町で過ごせて幸せだったな」などと、何もはっきりとわからないうちからすでに弱気な様子だった。

それからしばらくして、私が大阪に戻って仕事をしていると、妹からＬＩＮＥのメッセージが来た。検査の結果、母はやはり乳がんで、だが、幸い早期ではあるので、しばらく抗がん剤治療をして、がんを小さくしてから手術することになるとのことだった。

ちなみに私がこうしてその頃のことを書けるのは、その時の記憶がはっきりしているからではなく、ただ単に日記をつけていたからである。「そういえばこんなことがあったな」と、日記を読み返すと少し不思議だ。それから数年経った現在も母は元気で、先日も同じ店で一緒にラーメンを食べてきたばかりだ。

しかし、「乳がんだった」と聞いた時は、地面がグラグラと揺れるように感じた。私はすぐに「乳がん」というワードでネット検索して、表示されたサイトに書かれていた「十年生存率」という言葉にショックを受けた。

私の母が「十年生存率何パーセント」の世界を突然生きることになったという事実が、それ以降の自分の毎日を暗く覆った。もちろん、一番不安を感じていたのは母自身だったろうが、私も妹たちも、私の父も、みなそれぞれに動揺していた。

居酒屋と病室で過ごす夜

その頃の日記を読み返すと、母が初めて抗がん剤治療を受けるために入院した日のこと(抗がん剤治療が体質的に可能かどうかを慎重に確認するため、初回は入院する必要があるとのことだった)、大きな病院の、十一階の窓から東京の町並みを見渡したこと、若い女性の看護師が母に点滴用の針を刺そうとするも、なかなかうまくいかなかったこと、そういう様子を、私は特に何もできずに眺めているだけだったことなどが書かれていて、その時の気分がじわじわと思い起こされてくる。

日記には、抗がん剤治療をすると髪の毛が抜ける場合が多いから、母が行きつけの美容院でウィッグを用意してもらうことになっていると、妹と二人で話していたとも書かれている。

母が入院した夜、私は妹と父と、地元の居酒屋で酒を飲んだらしい。いきなり寂しくなった家で一人、父も暇だろうと思って声をかけたのだと思う。その酒の場で、母が抗がん剤治療を前にして、髪の毛が抜けるかもしれないことにひどく落胆して「お母さんなんか、髪が黒々してることしか取り柄が無いのに……」と言っていたことが話題に出た。「いやいや、取り柄がそれだけって!」と、その場では妹も私も笑い、父が「抜けたってまた生えてくるんでしょうよ。俺なんかもう生えてこないんだから!　がんじゃないのにさ」と自分の髪が薄いのを自虐的に言うのを聞いてまた笑った。

向かい合って、すべてを冗談にしてしまいたい。とりあえず、今この場でだけは笑っていられるということで、心が軽くなって救われた気になる。同時に、同じ夜に、病院の天井を見つめて眠れずにいるかもしれない母を思う。気持ちの浮き沈みが大きく、どこか落ち着かない気分で過ごした酒の席だった。

それから半年以上にわたり、母は抗がん剤治療を受けることになった。やはり髪の毛は抜けたのでいつも帽子をかぶり、食欲が減退したため、私が東京に来るたびに一緒に食べていた中華料理店のラーメンが食べられなくなった。お店に行って注文したのに残してしまうと悪いからと、母はタッパーを店に持参して、そこにラーメンを入れて持ち帰らせてもらっていたらしい。自分がそのラーメンを食べることができることを回復のバロメーターにしようとしていたのだろうか。何度かチャレンジしたが、どうしても体が受け付けなかったという。

そんな母も、治療開始から一年が過ぎ、手術も無事終わって、徐々に元気になってきた。今では唯一の取り柄だと言っていた黒い髪も元通りふさふさと生え、食欲もほとんど元通りになった。病院へは定期的に通って精密検査を受けているが、今のところ問題なしという結果が出ているそうだ。

ある時、元気になった母と一緒にいつもの中華料理店にラーメンを食べに行くと、「一度、尾道《おのみち》に行ってみたいんだよ」と言っていた。尾道に知り合いがいるから、案内してもらいながらのんびり観光してみたいのだという。「こっちは東京からで、お前は大阪からで、一緒に行けたらいいんだけどね」と言うので「それはいいね。行こう」と私は答えた。しかし、そんな会話をしてからもうだいぶ経つのに、未だに計画は宙ぶらりんのままである。

ずっと、うかつなまま

次男との金沢旅行の帰りに、放ってあった尾道の計画を一気に進めていきたいと思った。何かを失った時、失いかけた時、「今度こそ大切にして、決して手放すまい」と強く思うくせに、いつも私はいともたやすく忘れてしまう。四十年ちょっと生きてきて、大事な人が病気になったり、事故にあったりしてあっという間にいなくなってしまう経験を重ねてきたはずなのに、ずっと、うかつなままだ。

「今だ」と思い、母にＬＩＮＥする。妹が少し前に提案してくれていた、ずいぶん久しぶりの大々的な旅行の話も、すっかり放っておいてしまったが、急いで進めなくては。与えられた時間が有限であることを実感した、何百回、何千回目かの今を、今度こそ私はしっかり摑むのだ。

14 つくられた家族、つくる家族

　私は、待ち合わせをしていて、向こうから相手が現れる瞬間が好きだ。たとえば駅前で集合しようと約束していたとして、相手が現れるまでは、目の前を行き交うのは知らない人ばかりだ。色々な大きさの体に色々な服を着た、色々な顔をした人たちが通り過ぎていく。そこに突然、よく知った姿かたちの人が現れる。その瞬間がなんだか奇跡のように感じられて、私はいつもニヤけてしまう。相手が自分の方にだんだん近づいてきて、途中で手を振ったりする。さっきまで見知らぬ人だらけだった場所に、自分の知っている人が現れたという、この喜び。

　そのような状況を何度も味わってみようというのが今回の取材の趣旨だった。わざわざ離れた場所に移動してもらって、改めてこっちに近づいてきてもらう。私はその様子を写真に撮り、自分の心に生じた変化をメモしていく。そして何度もそれを繰り返す……なんともバカバカしいような、よっぽど暇な人でなければ付き合ってくれないような企画なのだが、幸い、私が大阪に越してきてからアルバイトをしていた書店で知り合った友人の一人、ヒロトさんは休日はたいていのんびり部屋で過ごしていて、声をかけるとこんなことでも面白がって来てくれる。そういう意味でも貴重な友人なのである。

事前に概要は知らせてあったが、改めて「遠くからこっちに近づいてくるところを写真に撮らせてもらいたくて」と説明する。「本当にそんなんでいいんすかぁ！　いくらでもやりますよ」とヒロトさんは言い、私たちは歩きだす。

大阪市内を流れる川の両脇に作られた遊歩道を歩きながら、あちこちで写真を撮った。川の対岸から橋を渡ってこちら側に近づいてきてもらう。豆粒のような大きさの黒い革ジャンが、徐々に大きくなって向かってくるのが面白くて仕方ない。そんなことを何度か繰り返した後、今度は逆に私が近づいていく様子をヒロトさんにカメラで撮影してもらう。「ははっ。僕ら何してるんでしょうね」「本当ですよね。変なことに巻き込んですみません」と笑い合い、しばらくして取材は終わった。この取材の成果をどんな風に原稿に仕上げていけばいいか、ちょっと想像がつかなかったが、とにかく面白い写真だけは撮れた気がする。

親孝行とか、意味わかんない

バスに乗って大阪駅まで移動し、駅ビルの屋上で打ち上げをした。といっても、露天の広場に置かれたベンチに座り、コンビニで買ってきた缶チューハイを飲みながら雑談をするというだけのものだ。天気のいい昼下がりで日差しは暖かかったが、二月の中頃で、時おり吹く風は冷たい。私たちの周りにはいくつかのベンチが設置されているが、人の姿はまばらだった。

最初はお互いの近況報告から始まって、どんな流れからか、ヒロトさんの家族についての話になった。ヒロトさんは岡山県出身で、今は大阪市内で一人暮らしをしながら会社に勤めている。部屋で好きな本を読んで音楽を聴いて、たまに映画を見に行くというような生活をしている彼だから、会うとたいてい「最近読んだこんな本がよかった」とか、そんな話をする。そういう話題についてはとことん饒舌になる反面、地元の話、家族の話となるとちらほらとしか聞いたことがなかった。

「家族のために何かするとか、僕そういうの、よくわからないんですよ。親孝行とか、意味わかんなくて……」ヒロトさんが遠い目をした。「前にデパートの母の日ギフトみたいなコーナーに人が並んでるのを見て、母の日ってみんなこんなに何か買うもんなの？　ってびっくりしたんすよね。ナオさんは親孝行とか、してます？」

急な質問に私は困った。親孝行をしているとは言い難い。今年で四十三歳になったが、今でも東京の実家に顔を出すと、「これ、交通費の足しにして」と母親から一万円札を受け取ったりするほどである。しかし、親孝行したいという気持ちはわかる。三十代になって自分の家庭に子どもが生まれたことや、母が病気をしたことなどもあって、親というものの存在をこれまで以上に意識する機会が増えたように思う。

ヒロトさんは、家族に興味がないのだという。興味がないというか、興味を持とうとしても持てない感じなのだそうだ。十八歳の時に大阪の大学へ進学するために岡山を出て、以来、一度も実家には帰っていないらしい。

「実家に帰りたくない理由があるんですか？」と私が聞くと彼は「理由が特にないんですよね。なんでこうなったのか、よくわからないんですよ」と答えた。

自分だけなんか違う

家族構成を聞くと、両親と兄弟三人、ヒロトさんは次男で、二歳上の兄、二歳下の弟がいる。お母さんはヒロトさんが高校生の頃に病気で亡くなっていて、父と兄と弟は今も岡山に暮らしているという。

「昔から、家族の中で自分だけなんか違うような気がしてたんすよ。父親とか兄弟に『お前は変だ。変わってる』ってよく言われてたんですよね。それで自分はおかしいのかなって思うようになったのかも。性格が合わないんですよ。僕以外のみんなは仲が良いから、五人家族なんだけど、僕がいない四人の方がしっくりきたんだろうなって思ってた。家族を見てて、みんな仲良いなーって」

「兄と弟はゲームが好きで『ポケモンのゲームが面白い』とか言って盛り上がってるんですが、僕はゲームに興味がなくて、話が合わない。最初の頃は誘われて僕もやってたんですけど、途中で飽きてやめたら、もう話すことがなくなって」

「兄も弟も父親とは仲が良いから、元気らしいとか、そういうことはたまに教えてくれてましたけどね。まあ、一応、二年ぐらい前まで兄弟の間では連絡取ったりしてたんですけど、それも無くなっちゃいましたね。僕は父と会いたいとか思わないし、あんまり関わりたくない。仕事ばっかりしてた人で、サラリーマンなんですけど、休みの日は畑仕事してて、ほとんど会話した記憶がないっすね。何かで意見がぶつかったとかでもないんですよ。だから恨んだりもしてないし、ただ関心がない。別の人間っていうか」

淡々とした口調でそう語るヒロトさんの表情はすごく平然としているように見えた。一方、お母さんのことは割と好きだったという。

「母とは割と普通に会話していたんです。母はいつも父の悪口を言ってたんで、父親って悪い人なんだなって思ってましたね。新婚旅行の話を聞いたのをずっと覚えていて」

その話によると、ヒロトさんの両親が結婚した時、新婚旅行で沖縄へ行った。きれいな海を見て、それなりにいい旅だったのだが、その最後にこんなことがあったという。ヒロトさんのお母さんが、海辺で「浮き玉」を見てふと「あれ、綺麗ね！」と言った。それを父親が覚えていて、港に置かれていたのを一つ、いつの間にか持ってきていたらしいのだ。

浮き玉というのは、ガラスでできた球を荒縄で縛ったもので、漁のための網を海に投げ入れる際などに目印がわりに使われる、「ブイ」とか「浮標《ふひょう》」とも呼ばれるものだ。大きさは様々あるが、その時にヒロトさんの父が持ってきたのは一抱えもあるような大きなものだった。母親は驚いたが、良かれと思ってしたことだろうし、と何も言うことはできなかった。

それを母親が手に持って帰りの飛行機に乗ろうとしたのだったが、手を滑らせて空港の床に落とし、粉々に割ってしまった。それを見た父親が「せっかく持ってきたのに、なんだ！」と声を荒らげ、「そもそもこんなものを持ってくる方が悪い！」と激しい口論になった。

父親からすれば、妻を喜ばせるためのサプライズだったのだろうけど、いや、それにしても、いくら相手が綺麗だと言ったからといって、抱えるような大きさのガラス玉を無断で拝借してくるか……？　しかもそれが結局は割れてしまい、二人のケンカの種になるとは、なんと切ない話だろうか。

「二人ともおかしいっすよね。何十年も前の話なんで勝手に持ってきたのが時効だといいんすけど」と言いながら、ヒロトさんは革ジャンのチャックを襟元まで引き上げる。先ほどから少し強い風が吹き始めていた。

「父も母も二人とも僕から見れば結構変でしたよ。家の本棚に太宰治の『人間失格』が三冊もあったんすよ。一冊は父が買って、もう一冊は母が持っていたもので、あともう一冊はなんであったのかわからないらしくて、なんだよそれって」

「家族で四国に旅行に行った思い出はあります。父が運転する車で行きましたね。でも車の中でもいっつもケンカするんですよ。それがすごく嫌で、しかも車だから逃げ出せないじゃないですか。なんでこうまでして一緒に行かなくちゃならないんだって」

お母さんの話が続いたところで「亡くなったのはいつだったんですか？」と私が聞いた。

「僕が十七の時ですね」とヒロトさんが言い、少し迷ったが、私は「その前後のことって覚えてますか？」とたずねた。ヒロトさんは右手に持っていた「氷結レモン」の缶をベンチに置くと、「ちょっと、トイレ行ってからでいいですか？」と歩き去っていった。それからしばらく、ヒロトさんが戻ってくるまでの間、そんなことをずけずけと聞くのは失礼なことだったかもしれないと、後悔が押し寄せた。

しかし、戻ってくるなりヒロトさんは、「母の話でしたよね？　僕が十七歳の時に死んじゃって」と話を続けてくれた。

毎日餃子を焼いた

「入院してから半年ぐらいだったんで、すぐでしたね。病院には来るなって言われてたんですよ。たぶん弱ってるところを見せたくなかったんだと思うんですけど、病院から家に帰ってきたことが三回ぐらいあって、その時しか会わなかったっすね」

「その頃は荒れてた。荒れてたっていうか、学校サボりまくってた。なんもやる気おきなくて。誰も注意してくれる人もいなくなったから好き勝手やってたっすね。まあ悪いことはしなかったけど、学校にずっと行かないで寝っ転がって『笑っていいとも』見たり」

「急性白血病で、もっと早く骨髄移植とかできてれば、死ななくて済んだんじゃないかって今もたまに思うんすよね」

お母さんが入院している間、そして亡くなってから、家族の食卓を支えたのはヒロトさんだったという。私はそれを聞いて意外に思った。ヒロトさんはいつも豆腐ばかり食べていて

（ビニールをはがせばすぐ食べられるから便利なのだそうだ）、よっぽど体が欲した時に限って外食したり、コンビニで何か買って食べたりするらしく、食というものにほとんど興味が持てないと聞いていたからだ。

「うちの母は専業主婦だったんで、料理もずっと全部作ってくれてたんです。それが入院しちゃったんで、仕方ないから僕がやることになって……。まあ僕だけ学校サボってたんで一番暇だったたっていうのもあるんですけど」

「父と兄弟の分も作ってて、まあ、凝ったもんは作らないけど、チャーハン、焼きそば、野菜炒めとか。あと、父親が餃子が好きで、チルドのやつを毎日買って帰ってくるんすよ。『焼いてくれ』っていうから毎日のように焼いて、だから餃子焼くのは上手だったっすね」

「それが嫌だとかはその時は思わなかった。みんな辛いだろうし、仕方ないと思ってましたね」

時おり黙り込みながら、ぽつりぽつりと語るヒロトさんと、うなずきながら話を聞いている私。私たちが座っているベンチのそばを、手をつないだ男女や、家族連れが通り過ぎていく。赤ん坊を前抱きにした男性とブランド物の紙袋を持った女性が並んで歩いていき、暖かそうな白い毛糸の帽子が赤ん坊の頭を包んでいるのが見えた。

高校を卒業したヒロトさんが大阪の大学へ進学して家を出ることになり、食事担当の任務は終わった。一人暮らしをし始めると、ヒロトさんは一切自炊をしなくなったという。料理するのがすっかり面倒になり、食に対する興味も薄れてしまったそうだ。

しばらく沈黙が続いた後、ヒロトさんがつぶやくように言った。

「家族って、僕からしたらつくられたものなんですよ。僕が選んだものじゃないから」

私もそう思う。生まれてきた子どもにすれば、理由もわからずに気づいたらここにいただけ、という話だ。もちろん親だって子を選べないけど、生まれてきた側に比べればいくらか状況をコントロールできる。子どもたちは「これが自分の家族なのか」と受け入れ、一緒に過ごすことを求められる。たとえ関係がうまくいかなかったとしても、そこから抜け出すのは簡単なことではない。

何も入らないカバンを持って

ヒロトさんは家族との関係性を極力少なくし、可能な限りスムーズにそこから抜け出そうとしていたのかもしれないと、私には思えた。

「家族に愛着を持つってどういう感じなんですかね。地元の友達に会いたいと思ったとしても、実家には寄るつもりはないですね。父には会いたくないし、会っても話すこともないし、どうしていいかもわからない。どうせ会ったってケンカするだけだと思うし、会わないでいる今が一番仲が良いっていう」

「子どもの頃から『お前はよくわからん』って言われてて。田舎だから、長男の兄貴が大事にされて、末っ子も可愛がられて、真ん中はほったらかしだったので、自分で独立しなきゃいけないっていうのがあったのかな」

「つくられた家族には興味が無いけど、自分が親になったら違うんですかね。僕がこれから家族をつくるかもしれないじゃないですか。それには興味がある。こんな家庭にしたいとかは全然ないけど、単純に僕は僕の家族をつくりたい。自分が選んだ人と。まあいい人がいればですけど」

ヒロトさんと私の家族観は違うけど、まったく何を言っているかわからないわけではない。私も、家族のことを少し客観的に見られるようになってきたのは最近のことで、父や母とどう接していいかわからない時期があったり、早く一人暮らしをして自由になりたいと考え続けている頃があった。

「ささやかなことでも、お父さんについて覚えていることはありますか？」という私の質問に、しばらく「うーん」と困った様子を見せた後、ヒロトさんが言った。

「父は田舎のヤンキーだったんですけど、高校の時、お母さんに、つまり僕のおばあちゃんに頼んで学生カバンを潰してもらったんだって。ペッタンコに縫い付けてもらって、教科書も何も入らない。何も入らないカバンを持って学校に行ってたんすよ」

「その時のことをおばあちゃんが『あれは理由がわからなかった』って僕に聞かせてくれたんですけど、普通、自分の親に頼みます？　親に買ってもらったカバンを親に潰してもらうってすごくないですか。おばあちゃんもおばあちゃんで、息子がヤンキーになるのを手助けするのか！　って」

二人とも笑った。ヒロトさんは続けて「あ、僕も会社行く時、カバンに財布とケータイしか入れないんですよ。今日も手ぶらでしょ？　荷物持つのが嫌いなんですよ。それだけは父親の影響かもしれないっすね。カバンに何も入れないっていう」と言った。ヒロトさんが缶チューハイを強く握り、缶が潰れる乾いた音を立てた。中身はとっくに空になっていたらしい。

夕方近く、私はヒロトさんを駅の改札前で見送った。改札を通り、一瞬こっちを振り返って右手を上げたヒロトさんは、行き交う人々の中に消え、すぐに見分けがつかなくなった。ヒロトさんが「僕は家族のことが本当にわからないんです」と言っていたのを思い出して、私もやはり、家族というものが少しもわかっていないないなと感じていた。

15　知らない時間を生きていく人

「ヤバい！　ほんまヤバい！　助けて！」と長男が言っている。マイク付きのヘッドホンを頭に装着し、テーブルの上に置かれたニンテンドースイッチの画面を前に、黒いコントローラーを両手で握り、チャカチャカとせわしなく操作している。息子が最近夢中になっているのは「フォートナイト」というゲームで、学校の友達の何人かとオンラインでつながり、音声通話をしながら一緒にプレイしているようだ。「っていうか、これやったら戦車の方がよくない？　終盤になったら強いし」「もう俺ひとりで十四キルやで！」そのゲームは不特定多数の参加者たちがそれぞれのアバターに武器を持たせて戦い合うようなものらしいから、物騒な言葉が飛び交う。

テレビのニュースでは毎日のようにロシアの攻撃を受け続けるウクライナの状況が報じられている。「世界情勢がこんな時に戦争みたいなゲームをしていていいのかね」と数日前に私は妻に言い、「いや、それとこれとは別やろ。ゲームやし」と言われて「そうか」と返した。たしかに、鬼ごっこだろうと野球やサッカーだろうと、多くの遊びには戦いの要素がつきものだ。そもそも自分の子どもも時代を考えてみれば、世の中で何が起きていようが生活圏に影響が及ばない限りは特に深く考えることもなかった。「まあ、そんなものか」と、自分を納得させることにした私は、ゲームに熱中する息子を眺めながら黙ってインスタントラーメンをすすっている。

息子の目の前には一時間ほど前に「お腹減ったわ」とつぶやいた彼に向けて私が作った「ハムエッグ丼」が置かれていた。ご飯の上にハムエッグをのっけてケチャップをかけただけの、なんとも簡素な一品である。三十分ほど前にできあがってそこに置かれたものだが、息子はゲームをやめる気配がない。「よっしゃ、ありがとう！　シールド回復ー！」と、画面の向こうの友達に話しかけているらしき声は、声変わりの最中ゆえの不安定な音程で、ガサッとした乾いた響きを含んでいる。ハムエッグ丼が冷めていくことより、息子の声が変わっていくことが寂しいと今の私は感じている。

心の準備ができないうちに

わが家の長男はもうすぐ中学生になる。つい先日、小学校の卒業式を終えたばかりである。新型コロナウイルスの感染状況が相変わらず落ち着かない中だったが、卒業式は幸いにも保護者が参加できる形で開催された。私は冠婚葬祭にしか出番のないスーツを久々に引っ張り出してきて、広い体育館に置かれたパイプ椅子に妻と並んで腰かけていた。卒業生たちがみんなで歌う歌は『仰げば尊し』とか『蛍の光』ではなく、ＲＡＤＷＩＭＰＳというバンドの曲で驚いたが、生徒と先生とで意見を出し合って決めたものらしく、そういう方が自然でいいなと思った。

また、卒業証書を受け取る前に生徒が一人ずつ壇上に立って将来の夢を語る場面があり、「弁護士になります！」と宣言する生徒もいれば、「何になりたいかゆっくり考えていきたい」と言う生徒もいて、自由な印象を受けた。息子は小学校のバスケットボールチームに所属していて、「世界一になれなくても、日本一になれなくてもいいからバスケットボールをがんばって、誰かを笑顔にしたいです」というようなことを語っていた。必ずしも一番じゃなくてもいいというところがなかなかいいじゃないかと感心した。

「感心した」と偉そうに書いてしまったが、私は「まえがき」でも触れた通り、壇上で大勢の人に向かって声を発するという類のことがすごく苦手で、息子が体育館全体に響くほど大きな声を出しているのを聞き、「自分の子ども時代よりだいぶ立派だな」と思った。

卒業式からの帰り、声変わりしつつある息子の元の声がどんなものだったか、もう思い出せないことに私は気づいた。パソコンに保存した昔の写真データの中にいくつか動画も入っているから、それを聞き返してみたい気もするが、なんだかすごく寂しい気持ちになりそうで怖い。

私たち一家が東京から大阪へ引っ越してくる時、息子はまだ四歳だった。その頃の彼は当然東京の言葉をしゃべっていたから、「この言葉を聞けるのは今が最後か」と思ってたくさん動画を撮った。大阪に来て一ヶ月か二ヶ月もしたら息子の言葉はすっかりもう関西弁になっていて、その変化のスピードに驚いた記憶がある。何もかも、私の心の準備ができないうちにどんどん変わっていく。

卒業式を終えた息子の一日は慌ただしく、「中学生になったらまた忙しくなるんだから、今のうちにのんびり散歩でもしたら」と私が声をかけても鼻で笑われるだけである。元クラスメイトたちとオンラインゲームをして、上限の時間（わが家ではゲームのプレイ時間に制限を設けている）になったらスマートフォンを手にして、ひっきりなしに友達とＬＩＮＥでやり取りをしているようだ。

そのスマートフォンは小学校を卒業するタイミングで息子用のものを初めて契約して持たせたものだが、それ以前から妻の使い古しのスマートフォンを操作していた彼にとって、扱いはお手の物であるようだった。妻や私に息子が語ってくれたところによると、元クラスメイトだけでなく、先生方ともＬＩＮＥアカウントを交換したそうで、卒業式の後も毎日のように連絡を取り合っているという。

卒業したら進学先の中学校が別の子や先生たちには滅多なことでは会えないものだと感じていた小学生時代の自分にとって、それはすごく新鮮なことに思えた。彼らにとっては小学校の同級生という枠組みがたまたま外れたというだけで、今後もゲーム仲間、ＬＩＮＥ友達として当たり前に交流し続けていけるのかもしれない。慣れた手つきでスマートフォンを操る息子をぼーっと眺め、まるで自分が一気に年老いたかのように感じる。

シュートがスローに見える

息子の忙しい日々に彩りを与えているのはバスケットボールらしい。四年生の頃から所属していた小学校のバスケットボールチームで、彼はチームスポーツの楽しさに目覚めたようだった。普段は外にも出かけずゴロゴロしてばかりのインドアなタイプだが、バスケットボールのこととなると熱心に練習し、海外選手のプレイ動画をＹｏｕＴｕｂｅでチェックしたりしていた。息子が所属していたチームは数年前に学校内に新設されたばかりで、集まったメンバーもほぼ未経験者。お世辞にも上手とは言えなかった。近隣の学校と練習試合をしても、いつも大差をつけられて敗れるのだった。

しかし先生方の指導とメンバーの努力によって、ある時から目に見えて上達していき、だいぶそれらしい試合ができるようになった。息子の卒業間際、近隣の学校のチーム相手についに初勝利を収め、メンバーはみな大きな達成感を味わったようだ。

そんな経験もあり、息子は中学校へ進学してからもバスケットボールを続けたがっているのだが、進学先の中学校の部活動にはバスケットボールが無い。そこで学校の垣根を越えて大阪市内の中学生たちが集まるクラブチームに入ることにした。そのチームでは、中学校に入学する前から早くも練習がスタートするという。練習場所の体育館へは地下鉄を乗り継いで行くことになる。その道のりに慣れるまではと、先日、私が付き添うことになった。

息子が入ることになったチームは、全国大会への出場を目指し、週に一回の休みを除いては毎日四時間から五時間もみっちり練習している。小学校で所属していたチームからすれば格段にレベルが高く、まったくの素人である私が練習風景を見ていても、その技術の高さに圧倒される。メンバーはみんなほぼ休みなしでハードな練習をこなし続けていて、運動部に入っても根気が続かずに辞めてばかりだった自分は、膝をついて謝りたいような気分になる。

綺麗に磨かれた体育館の床の上で、バスケットシューズがキュッキュッと音を立てる。絶え間なく続くドリブル音の合間に「はい！　全力！　まだいけるまだいける！」と活を入れるコーチの声が響く。

「こんな中に入ってついていけるのだろうか……」と勝手に心細さを感じ始めている私をよそに、息子は意外なほど淡々と練習プログラムをこなしている。ゴール近くまでドリブルをして、少し離れた位置からシュートをするという練習が繰り返されると、息子が放ったボールがシュパッと音を立ててネットに吸い込まれていくのを私は何度も眺めた。

ボールが彼の手を離れてゴールを目がけて飛んでいくその瞬間だけは、時の流れがスローになり、音が止んだように感じる。それは単に私が彼のことばかり執拗に見ているからで、他のメンバーは段違いに正確なシュートを打っているのだが、しかし、私の目に、息子の姿は何かちょっと崇高なものとして映っていた。

ハードな練習時間が終わり、夜道を駅まで歩いた。息子と、息子と同じ小学校のバスケットボールチームに所属していた二人の友達と、引率者である私の合計四人で歩く。私が一人だけ少し先を歩き、後ろから息子たちがついてくる。しばらく静かに歩いていたと思うと、急に女の子の笑い声がして、思わず振り返った。その声は息子のスマートフォンから発せられているものらしかった。息子が小学校の友達に電話をかけ、一台のスマートフォンに向かってみんなで話をしている。

「今何してんの?」「お風呂入ってたよ」「いいなー！　こっちは今やっと練習終わりやで」「めっちゃお腹減ったわー」とか、そんな他愛もない彼らの会話が、私の少し後方から聞こえてくる。打ち解けた口調で会話をしている息子に、私は内心で驚いていたが、あまり聞き耳を立てるのも野暮かと思い、家に帰ったら何を食べるかということだけを考えながら駅まで歩いた。

奥手なふたり

「っていうかさー！　私らの時からしたらあり得んよな」と、ソファに深々と座った妻が言う。息子たちが寝た後、先ほどの練習の様子を報告した流れで、練習の後にみんなで賑やかに通話していたことを私が妻に話したのだ。「バスケの練習の後で女の子と電話って、イケメンのやることやろ」と妻が言うので、「たしかに！　マンガの世界みたいだよね」と私は笑った。

「異性と話すとか、中学生でもまだ無理やったな」と昔を振り返る妻も私も、かなり奥手な方で、そこは二人の大きな共通点である。「小学六年生の頃って、どんなだったっけ……」と私がつぶやくと、妻がその頃の記憶について語り始めた。

六年生の時、妻には思いを寄せるクラスメイトがいたという。なぜ好きになったかというと、「なんとなく目が合ったから」とのこと。

妻は幼い頃から大学を卒業するまで一日も欠かさずに日記をつけていて、特に幼い頃の日記はその日の出来事が隅から隅まで細かく書かれているようなボリュームのあるものだったらしい。だからそこに好きな人のことを書くのも当然で、その延長という感じで、自然に相手にラブレターを書いていた。それは最初から相手に渡すつもりのまったくないラブレターで、ただ「好きです」と文字にしてみるだけでなんだか胸が高鳴ってくるのだった。

「その人にラブレターを書いたのは一回だけで、書いたらすっきりした。あれは詩やな。詩のようなものやわ」と妻は言う。書いたラブレターは日記に挟んでとっておいた。妻は私立の中学校に進学することになっていたから、卒業すれば好きだったその相手とはもう会うこともないとわかっていた。しかし、それは仕方のないことで、だからといって相手に思いを伝えたいわけではない。

卒業後のある日、家に帰ると庭で彼女の母がゴミを燃やしていた。妻が当時住んでいた家には庭があって、父か母が焚き火をしては可燃ごみをよく燃やしていたらしい。その近くを通ると、母に「あんた、ラブレター落ちてたで。あんなん恥ずかしい。燃やしといたで」と言われた。

どうやら、日記帳に挟んであったのが、何かの拍子に部屋の床に落ちていたらしいのだ。「燃やしといたで」と言われた瞬間はとにかく恥ずかしくて、それを隠すためにあえて平然とした口調を装って「あ、ああ」とだけ言ったという。

「でも、まあ出すつもりもないラブレターやし、いずれ捨てなあかんもんなと。だから、むっちゃムカつく！　とかではなかった」と、当時の妻は冷静にその事実を受け止めたらしい。むしろラブレターが灰になったことで相手への思いもすっきりと消え、それからは心機一転、中学校へ向かう通学電車でよく見かける男性に思いを寄せていたという。

私の小学六年生の頃を思い返してみると、出す予定のないラブレターですらだいぶ大人っぽく思える。私の恋心はもっと幼稚なもので、相手に伝えようなどとは考えもしなかったし、もちろん文字にすることもなかった。

当時の私には、同じクラスに気になる女の子がいたのだが、「もしかしたらその子が自分の心を読めるかもしれない」という、根拠のない幻想を抱いていた。そのため、「好きです」と、とにかくその子の近くで強く念じ、相手がそれを読み取ってくれるのを待ち続ける、というスタイルを選ぶことになった。「カレー食べたい」などと考えてしまっている自分にふと気づいては、「あっ、今のはなんでもないんです！　好きです」と念じ直したりしたものだ。残念ながら相手は私の心を読む力を持っていなかったようで、まったく会話を交わすこともなく時が流れた。

私のそんな情けない思い出話が終わると妻は「うん。私らってそんなレベルやろ。スマホで電話して異性としゃべってるっていうだけでおいおい！　なんなん！　すごいな！　って思うよな」と言った。「ほんとほんと。おいおい！　なんなん！　すごいな！　って思うわ」

と私はそのまま繰り返す。

別の人間なんやなって思った

数日後の朝、息子はＬＩＮＥでクラスメイトたちと連絡を取り合い、みんなでユニバーサル・スタジオ・ジャパンに行くと出かけていった。男子も女子も混ざった仲良しメンバーで行くらしく、それを聞いた私は「へー。いいね。気をつけてね」と息子に向かって言いながら、頭の中では「なんなん！　すごいな！」と、叫んでいた。残念ながら息子にも私の心を読む能力は無いようで、彼は振り返ることもなくドアを開けて出ていった。

私はかつて妻が育児の記憶について語っていたのを思い出す。「小さい時、私がお腹減ってるのにあの子がお腹いっぱいでご飯を食べへんことがあって、その時、別の人間なんやなって思った」妻は息子が自分とは違う感情を持つ人間であるという当たり前のことを、そこで痛感したのだという。

息子は私のできないことをして、私の知らない時間を生きていくのだ。当然すぎるほど当然のその事実が、少し寂しいことでも、また、痛快なことでもあるように思えた。

どんなアトラクションが楽しかったか、帰ってきたら聞かせてもらおうと考えながら、私はもう一度布団にもぐり込むことにした。

16 モモがいなくなってしまったこと

次男が浮かない顔をしている。そういう時、「どうしたの」と聞くと、「友達にアホって言われた」とか「学校の宿題が多過ぎて嫌や」などと理由を聞かせてくれることもあれば、「いい。なんでもない……」と言ってそれ以上話してくれないこともある。親に言いたくないことなんかいくらでもあって当然だと思うので、あまり詮索はしない。「そうか、言いたくないこともあるよね。困ったら相談してくれ」と私が言って「うん」と彼が答え、話はそれで終わりになることがほとんどなのだが、先日、「だって、なんて言えばいいかわからんもん」と、思いがけない言葉が継がれたことがあった。

できるだけ大げさな態度を取らないように気をつけながら、「なんとなくでいいから、嫌じゃなかったらどんなことか教えて」と伝えて次男の言葉を待っていると、しばらく間を置いて「もうすぐ二年になるのが、嫌や」と言う。私はなんのことだかわからず、「二年？」と聞き返し、「チョコが来てから二年になるのが嫌」と、そこまで聞いてようやく言わんとしていることが理解できた。

わが家には「チョコ」という名のゴールデンハムスターがいて、飼い始めてから一年半ほどになる。ペットショップからハムスターを引き渡される際、ショップのスタッフから、飼育上の注意事項と共に、ゴールデンハムスターの平均寿命が二年であることを告げられ、次男の記憶にその〝期限〟のことが強く刻まれたらしかった。

それ以来、二年後が徐々に近づいてくることを思っては悲しくて仕方なくなるのだと、次男はソファに突っ伏した。悲しくもあるし、また同時にすごく怖くもあって、眠れなくなる時も多いという。「生き物はいつか死んでしまうからなぁ。それは人間も同じで……」とそこまで言い、その先に言葉が見つからなくなった。「死が避けられないからこそ生きていることを大事にしないといけないんだよ」とか「死ぬまでちゃんとお世話をしてあげるのが生き物を飼うってことなんだよ」とか、大人として伝えるべきことのサンプルみたいなものがいくつか頭に浮かんではきたが、それらは決して間違いではないにせよ、どれも自分の思っていることとは少しずつずれているように思えた。

木の上の子猫を助ける

私も次男と同じように、生き物がいずれ死を迎えるということが寂しくて怖くて仕方ない。幼い頃からずっとそう感じてきた気がする。祖父や祖母、高齢の親戚たちがいつか死ぬということも怖かった。積極的に動物を飼おうとしてこなかったのも、死別する苦しみを乗り越えられる自信がなかったからだという気がする。

私が小学六年生の頃、実家の目の前にあった公園で父が猫を拾った。公園の広場で行われているラジオ体操に参加した二人の妹が、「木の上から猫の鳴き声がする」と焦った様子で家に戻ってきて、その時ちょうど休みで部屋にいた父が様子を見に行った。私も父と一緒についていくことにした。妹が「ここ」と見上げた高い木の、幹からいくつか分かれた枝の先に、たしかに白く小さな猫の姿が見える。その木は公園の敷地内に建っていた児童館のすぐそばに生えていて、どうやら子猫は何かに怯えて児童館の屋根から木の枝へと逃げてそこから降りることができなくなったようだった。

「助けてあげて」と懇願する妹たちの視線に耐えかねたように父は児童館の塀によじ登り、そこから今度は屋根に足をかけ、木の幹へと飛び移って体を伸ばし、なんとか子猫をつかまえた。そんなことができるぐらい父が若くて機敏だったということが今では信じられないが、とにかく父なりにずいぶんがんばってくれたのだと思う。

周囲に親猫の姿は見当たらず、お腹をすかせて震えているらしい子猫の様子を見て、とにかく一度家に連れ帰って保護することにした。私の母は幼い頃からよく猫を拾って世話をしてきたそうで、小さな猫の扱いにはある程度慣れていた。ノミだらけだったらしい体を母に丁寧に洗ってもらった猫が周囲を警戒しつつちょこちょこと歩き、エサを食べていた姿が私の遠い記憶の中にある。野良猫として、口にできそうなものは見境なく食べてきたのであろう子猫はお腹を壊しているらしく、数分おきにオナラをする。その匂いがあまりに強烈なので、家族みんなで「うわ！　なにこれ！」と笑っていたのも覚えている。

結局、その白い猫は「モモ」と名付けられ、わが家の飼い猫になった。左耳の周りと、ケンカして噛まれたのか、拾った時から付け根しかなかった尻尾の一部だけが濃い茶色と黒の混ざったような色で、あとは真っ白のメスの猫。

見慣れない人に気を許すということがなかったし、家族にだってそう簡単には甘えてこなかった。私が自分の部屋で寝ていると、いつのまにか本棚の上によじ登っていたらしいモモがすごい勢いで飛び降りてきて、なぜかしっかりと爪を立てて私の首筋めがけて落下してくるので「ぎゃー！」と悲鳴を上げて跳ね起きることがよくあった。それが度重なるものだから、妹たちに「モモに命狙われてるんじゃない？」と笑われた。そうかと思えば、私の膝に気まぐれに顔をすりつけて甘えてくる時もある。しかし油断してはいけない。お腹を撫でてやるとしばらくは気持ちよさそうにしているものの、途中で飽きるのか、唐突なタイミングで腕に噛みついて去っていくのだった。私の部屋に遊びに来た中学時代の友達も、高校時代の友達も、ほとんどみんなモモに飛びかかられ、足首に噛みつかれては「お前んちの猫って番犬みたいだよな」などと言って怯えていた。

私が物心がついてから飼った猫はそのモモだけだから他の猫と比べることができないのだが、たぶんすごく気の強い猫だったと思う。

公園の木の上で私の父にその小さな体をつかみ取られてから、モモは十九年間も生きた。これは猫の平均寿命からすればだいぶ長い方だ。まだ十二歳だった私が三十一歳になるまで生きていたのだ。自分が大人になっていく過程が丸ごとモモと共にあったようなものだ。私は大学への進学時に実家を出て一人暮らしをするようになったから、それ以降、実家にはたまに顔を出す程度になり、モモと過ごす時間はだいぶ減ってしまった。それでも実家に帰ればいつもモモがいて、そんな時は久しぶりだからか、たっぷり甘えてくれたりするのだった。

モモは亡くなる少し前から、歳のせいで腎臓を悪くして体調を崩しがちになり、母がせっせと動物病院へ連れていっているということは聞いていた。そう聞いた私は「そうだよな。もう結構なおばあちゃん猫だもんね」と口では言い、別れの時がそう遠くないことは感じていながら、そのくせ、少しずつ痩せて弱っていくモモを見ることに対して臆病になっていた。後になって「もっと頻繁に顔を見に行ってやるんだった」と強く後悔したが……いや、後で「もっと会っておけば」と思うことなど最初からわかっていて、結局私は死と向き合うのが怖かったんだと思う。

モモが亡くなった日とその翌日のことは書き留めてあった。今から十年も前だから、だいぶ古いパソコンに保存してあったものだけど、なんとかデータを見つけ出すことができた。『モモがいなくなってしまったこと』というファイル名がつけてある。その頃東京に住んでいた私は日記をつけていたわけでもないし、パソコンで文章を書くような機会がそんなに多くあったわけでもないから、「この時のことだけは後々まで覚えておこう」と強く思って書いたんだと思う。過去の自分からの手紙を受け取るようなつもりでファイルを開いた。

モモが亡くなった日、私は友達と会っていた。その日、私と妻とが暮らしていた家に遠方からの友達が遊びに来た。近所の中華料理店で何品かのメニューをテイクアウトしてきてテーブルに並べ、お酒を飲みながら楽しく過ごした。夕方近く、友達が帰っていった後、ふとケータイ電話を手に取ってみると母親からメールが送られてきていることに気づいた。メールは二通来ていて、最初に目にしたのが「葬儀場について調べてみてくれないか」という内容のもので、「えっ」と思ってもう一つ前のメールを読んでみると、そこには「一時間ほど前にモモが息を引き取りました」という文字が並んでいた。私が友達と食事をしていた頃、モモはその生涯を終えていたのだった。

妻に「モモが死んじゃったって」と伝えると頭がぼーっとして、それから涙が流れて止まらなくなった。私は当時まだ一歳にもなっていなかった長男を抱きながらしばらく泣き、妻に子を託して一人で実家へと向かったらしい。

二月のよく晴れた日で、外に出ると空がどこまでも青かった。その時期、私は武田百合子の『富士日記』を読んでいて、ちょうど（というのは失礼かもしれないが）、武田百合子が愛犬のポコを亡くしてしまうくだりを読んだばかりだった。ポコが死んだ日のことを〝空が真青で〟と書いていた。その文庫本をカバンの中に入れて電車に乗った私は、武田百合子がポコの死について書いている部分を読み返した。

七月十八日（火）快晴、夕方少し雨、雷鳴
ポコ死ぬ。六歳。庭に埋める。
もう、怖いことも、苦しいことも、水を飲みたいことも、叱られることもない。魂が空へ昇るということが、もし本当なら、早く昇って楽におなり。

日記にはその日以来、繰り返しポコのことが書かれている。武田百合子は土間に落ちていたポコの毛を拾っては泣き、真昼に青い空を眺めては悲しさに打ちひしがれる。ポコの死はふいの事故によるもので、なんとなくでも死を予感し続けてきた自分なんかよりずっと受け止め難かっただろう。愛するものを亡くした人の文章に触れることで、少し慰められるような気がしたのだと思う。電車に乗って実家へと向かう私は、何度もポコに関する部分を読んでは涙をこらえていた。

最寄り駅に着くと、そこから実家へは公園を通っていくことになる。私たち一家がモモと出会ったのと同じ公園だ。モモを見つけてから十年ほどして公園は大きく改修され、昔の景色のおもかげは無くなってしまった。父が塀をよじ登った児童館も、モモが降りられずに鳴いていた木ももうそこにはなかったが、それでもこの公園は私たちにとっては特別な場所なのだった。

園内を最短距離で突っ切り、実家のあるマンションの一室にようやくたどり着く。ドアを開けて室内へ入っていくと、居間の一角に円形のクッションが置かれ、その上に白いタオルで首元まで覆われたモモの姿があった。その頭の上あたりに、水の入ったグラスと線香立てと、食べることなく残されたキャットフードの缶詰が置かれている。

そばに座っている母に顔を向けると、今朝も動物病院へ連れて行ったこと、自分がご飯の用意をしている隙に動かなくなっていたこと、ここ数日はずっと一緒に添い寝していたことなどをゆっくり話してくれた。私は黙って話を聞きながらモモの頭を撫でた。毛並みの下にすぐ骨が浮き上がっているのがわかるほどに痩せていたが、首の後ろにはまだかすかに体温が残っている気がした。薄く目を閉じていて、今にもニャアと声を出しそうにも見える。

少し前に愛犬を亡くしたという知り合いがいて、その時に利用した葬儀社を紹介してもらうことができた。葬儀場は千葉県にあって少し遠いが、都内からそこへは車で送迎してくれるという。すぐに電話をかけてみたところ、翌日の昼に葬儀を受け付けてもらえることになった。

私は冷蔵庫から缶ビールを取り出して飲み、モモの近くで横になってしばらく眠った。妹がドアを開けた音で目が覚める。モモを撫でてずっと泣いている。ここ数日の看病の疲れもあってか、母は静かにそれを眺めている。まだ眠気をひきずりながら、ここで妹にかけるべき言葉があるのではないかと探したが、何も見つからなかった。私は翌日の会社を休ませてもらうことにして一旦家に帰り、次の日の昼に再び実家を訪れた。ほどなくして葬儀社から電話があり、もうマンションの前まで車が着いているという。下に置かれていたクッションごとモモの体を抱き上げ、薄く開いたまぶたの隙間から、十九年間を過ごした家を見せてやる。いつもくつろいでいた居間、ご飯の皿が置かれていたキッチン、窓から外を眺めたり、押入れの奥に入り込んで出られなくなったこともある両親の寝室、トイレが置いてあった風呂場。「お前がずっといた家だよ。最後に見ておくんだよ」と話しかけ、そのままモモを抱きかかえて家を出た。

私のメモはそこからも長く続いている。お棺に入れてあげられるという「守り刀」をオプションで追加するかどうかについて葬儀社のスタッフに聞かれたこと。追加料金が五千円かかるそうだったが、価格のことよりも、「モモに守り刀って……」と、あまりに不釣り合いなものを感じて断ったこと。火葬場まで行き、「それではお別れです。最後に撫でてあげてください」と言われてみんなでモモの体を触ったこと。火葬場から待ち合い室に行く途中、煙突から煙が上がっていくのが見えたこと。火葬場の周りには野良猫が何匹もいて、葬儀を見守ってくれているように見えたこと。焼かれた骨を見ると尻尾の先がなく、それを見て「これは確かにモモの骨だ」と思ったこと。その日は雲一つない快晴で、行きも帰りも車の窓から真っ青な空が見え、武田百合子の文章をまたそこで思い出したことなど、こまごまと書き残されている。

その後、モモの遺骨はしばらく実家に置かれ続けていた。誰よりも長くモモと一緒にいて、看病に追われながら最期の日々を過ごした母がなかなか遺骨から離れる気になれなかったというのが理由の一つだった。半年ほど経ってようやく隣町のお寺に納骨することが決まり、家族みんなで納骨式に参加することになった。手厚いペット葬を行うことで有名な寺で、私たち一家の他にも、同じようにペットの納骨にやってきた人々がたくさんいた。

お坊さんが「愛犬、ミッキー居士〜」などとペットの名を呼んでいく。「ポン太」もいれば「チャッピー」もいて、そういう名前をお坊さんが真面目な顔と声色で読み上げていくものだから思わず笑ってしまいそうになったのを今でも覚えている。そして笑いをこらえた後で、この名前の一つ一つの向こう側に、そばにいた人にしかわからない大事な記憶があることを思い、笑うのを我慢したままの顔で泣きそうになる。「愛猫、モモ大姉〜」と、私たちの大切な猫もその名を呼んでもらえた。

いつか死ぬ時が来るということ

あれから十年以上が経った今も、母はモモの死の悲しみを忘れ去ることができないという。新しい猫を飼おうかと何度か考えたこともあったが、また別れなければならないと思うとどうしても思い切れなかったそうだ。「猫を飼う気にはなれないけど寂しくて、それでプリモプエル買ったんだよ」と母は言う。「プリモプエル」とは話しかけるとそれに応じて言葉を返してくれるセンサーを内蔵した人形で、母が一時期その人形を可愛がっていた。「ああ、プリモプエル！　よく話しかけてたよね」と言いながら、その頃の母の様子を思い浮かべて切ない気持ちになった。

死の悲しみは乗り越えるべきものではなく、ずっと身近にあり、それとともに生きていくべきものなのかもしれない。母の言葉を聞いてそう思う。

17 生まれた時のこと、おぼえてる？

先日、下の子が「自分が生まれてから小学校に入るまでのことをお父さんやお母さんに聞いて書きましょう」という作文の宿題を持って帰ってきた。「お父さん、覚えてることある？」と聞かれた私が「うーん、東京の病院で生まれて……結構、急に生まれたんだったな。あとは……」と、遠い記憶を手繰り寄せようとモタモタしている間にさっさと見切りをつけたようで、「また後でお母さんに聞くわ」とすぐ別の宿題に取りかかっていた。

後日、私が「あの宿題、どうなった？」と聞くと、「もう書いて出したで」という。息子が保育園に通っていた間、保育園と保護者との間で連絡ノートを毎日やり取りしていて、その時のノートが家に何冊も残っている。そこに妻が書き綴っていた日々の些細な記録を読み、特に印象的なエピソードを選んで作文に書いたのだそうだ。

夜更かしして「早く寝ないとオバケが来るよ」と妻に脅かされると「もう寝てる！　寝てるよ」と目をつぶりながら声を出したという話、うんちがモチーフだったらなんでもいいぐらい「うんちグッズ」が好きで、毎晩「うんちの国」に行く夢を見ていた話、などなどを書いたらしい。自分の記憶にないことばかりが綴られた連絡ノートを読むことは息子に新鮮な驚きをもたらしたようで、「こんなんしてたんやって、びっくりした」と、宿題を提出し終えた後も面白がってノートを読んでいる様子だった。

自分が生まれるまでの数時間

そんな息子にならい、私も自分が生まれた時のことを母に聞いてみることにした。数年前に〝ガラケー〟からスマートフォンに切り替えた母は、いつの間にかLINEも使いこなしていて、ずいぶん色々な種類のLINEスタンプも持っているようだ。「荷物送っておいたよ」「ありがとう」といった会話の履歴が残る私と母のLINEに、「俺が生まれた時のことで何か覚えてることとあるかな？」と突然の質問を投げかけてみる。

すぐに「既読」の文字が表示されたが、返事はない……。と、しばらくしてかなり長文のメッセージが送られてきた。母は産後の日々を実家の世話になって過ごすべく、出産予定日の一ヶ月ほど前から山形に帰省していたという。

いよいよ予定日が近づくと市内の産院に入院して出産に備えた。しかし、予定日を過ぎても一向に生まれてくる気配がない。出産予定日は一月二十日だったそうなのだが、私の誕生日はその十日後だから、ずいぶん気を揉んだことだろう。というか、「出産予定日は一月二十日だった」というような細かいことが、出産してから四十年以上も経つ今、母の記憶の中にすぐ取り出せるものとして残っているというのがなんとも不思議に思えた。

ようやく陣痛が始まったが「それからが悲惨だったの！」と母から続きのメッセージが届いた。母についていた助産師がかなり口調の厳しい人で、いきみ方が下手だというので何度も叱られたというのだ。母にも言い分があって、「寒い時期で鼻が詰まってたから、どうしても口を閉じて力を入れられなかったんだよ。息ができないでしょ」とのこと。そういうものなのだろうか。とにかく、言われたように上手には力を入れることができず、次第に助産師の声は大きく、怒鳴るほどになっていった。

分娩室の外では〝かあちゃん〟、つまり私の母方の祖母が待機していたそうなのだが、助産師は「なんでできないの！　もう、こんなに指示に従わないなら、お母さんを呼んできます！」と部屋を出ていこうとする。「それはやめてください！」と母は懇願したという。娘がこんなにも怒鳴りつけられている様子を母に見られたくはない。「頑張りますから！　一人で大丈夫ですから、呼ばないでください！」と歯を食いしばる母を想像すると、なんとも不憫でならない。後に小学生になった私が教師にこっぴどく叱られ、ついには学校に母親を呼ばれた時に味わった情けない気持ちがありありと思い出された。特に母は子どもの頃から人に叱られるのがとにかく苦手で、誰にも怒られないようにと優等生でいる努力をしてきたほどだったから、人生で初めて出会うレベルの怒鳴り声にすっかり萎縮してしまったという。

さらに悪いことに、母が悪戦苦闘しているうち、病院に実家から電話がかかってきて、「親戚が亡くなったからすぐ戻ってくるように」と祖母に言づてがあった。祖母はあたふたと帰っていった。さっき「分娩室には呼ばないでください！」とお願いしたばかりだが、かといって病院から去られるのは不安だ。いよいよ今度こそ自分一人で頑張るしかなくなった母は、すべての力を使い果たすほどの頑張りを夜通し続け、明け方、なんとか私を産んだという。無事に生まれたことへの安堵はあったものの、広い世界に赤ん坊とたった二人で放り出されたような心細さの方が大きかった。私の産声を聞いて「いい声だなと思った」と、それだけは印象的だったそうだ。

父が会いに来たのは二ヶ月後

そんなLINEのメッセージを読んでいて、「あれ、父は？」と思った。父は母の出産に立ち会ったりしなかったんだろうか。たずねてみると、「仕事が忙しくてもう全然無理！」と、今までで一番のスピードで返答があった。かつての父のことを母が語る時、「お父さんは仕事で忙しかったから」というフレーズが出てこないことはまずないのだが、その頃の父は家に戻って寝る間もないほどに多忙で、生まれた私に初めて会ったのも二ヶ月ほど経ってからのことだったという。「二ヶ月も？」と驚いてしまったが、とにかく仕事が最優先の父らしい話だと思った。

そんな父から母へは様子を窺う電話がたまにかかって来るぐらいだったが、電話口で言い合いになったこともまた、母の記憶に残っている。私の名前をどうするかという話で揉めたらしいのだ。私の本名である「直《なお》」という名を提案したのは父だったのだが、母が姓名判断のできる親戚に相談したところ、「直」の一文字だけでなく、「直樹」なり「直人」なり、とにかく後ろにもう一字加えた方がいいとアドバイスを受けた。そうしないと字画的によくないというのだ。それを父に伝えると、「いや、一文字でいいんだ！　姓名判断なんてアテにならない」と譲らない。改めて親戚にそれを伝えると「悪いことは言わないから絶対にもう一文字つけた方がいい」とそっちも譲らず、母は板挟み状態に。最終的には母が折れて、私の名前は「直」の一文字に決まったのだが、父の強情さのせいで、その後、私は姓名判断をするたびにけちょんけちょんに言われることになった。

例えばつい数ヶ月前、東大阪市の石切《いしきり》という町に出かけた時のこと。石切にはパワースポットとして有名な「石切劔箭《つるぎや》神社」があり、その参道に数多くの占い処が立ち並んでいる。散歩ついでに興が乗って姓名判断をしてもらったところ、占い師は眉間にしわを寄せて「この名前では物書きとして売れへんよ！　すぐに名前を変えないとダメ！」という。「やっぱりそうですか」と、思わず笑ってしまった。

自分が生まれた時の慌ただしさを、何十年も経って、母からの言葉で伝えられる。そして自分の記憶にはないその場面を私が今、思い浮かべているということが不思議でならない。ともかく、私はそのようにして生まれ、二ヶ月を山形で過ごしたという。その間、いとこの風邪が私にうつり、その時もまた医者にひどく叱られたらしい。「生後まもなくは免疫があって風邪をひかないはずなのに、それでもひいてしまったということはきちんと管理ができてない証拠ですよ！」と、そんな風に言われて母はすっかり自信を失っていたそうだ。「自分は子育てに向いてないんじゃないか。今後どうしていけばいいんだろうか……」と。

失意の母を励ましてくれたのは祖母だった。当時、母の実家には何かの懸賞で当たったカンガルーのぬいぐるみがあった。高さが五十センチぐらいあるような大きなものだったそうなのだが、ある夜、祖母がふと目を覚ますとそのカンガルーの顔あたりがピカピカッと光ったように見えた。祖母はその光を見て「これでこの子は大丈夫だ」と確信し、翌朝、母にそれを伝えた。母はそれを聞くと、「そうか、それなら大丈夫だ」と励まされたというのだ。

今こうして母からそれを聞いている私は「いやいや、カンガルーの顔が光ったからってなんで大丈夫なの？　どういう理由？」と、ただただポカーンとするばかりだが、人間とは、案外そんなことに支えられたりするものなのかもしれない。

知らなかった「右眉の傷」

「こんな暗い話しかなくて大丈夫かな」と前置きした上で、母からのＬＩＮＥは続く。私は冷蔵庫から缶チューハイを取り出してきて、それをグッと傾けた後、続きを読んだ。母と私が東京の住まいへ戻ってきてからも、父の仕事は引き続き忙しく、まったく頼ることはできない状況だったらしい。祖母が山形から東京へついてきて、しばらくの間は色々と手伝ってくれたそうだが、祖母が帰ってしまうと、いよいよ不安な育児生活が始まった。

当時、私たち一家は江東区の清澄白河《きよすみしらかわ》辺りにあったアパートの一室で暮らしていた。山形から出てきて周囲に友人もいなかった母はかなり心細い日々を送っていたそうだ。「すっかり育児ノイローゼになって、年中、山形に帰りたいとばかり思っていたな」という。山形の友人に電話をかけては「産後はホルモンのバランスが崩れるから誰だってそういう風な気持ちになるんだよ。もう少しの辛抱だよ」と励まされた。

一歳になる少し前のこと。歩行器に乗っていた私が玄関の段差につまずき、頭から倒れ込んだ。運悪く眉のあたりをサッシに打ち付けて切ってしまったという。「右眉に傷があるでしょう？　それがその時のね」と遠くにいる母からＬＩＮＥを通じて聞く私は、まるでパソコンの操作を遠隔で教わって「右上にボタンあるでしょ？　それを長押ししてみて」などと言われているような気分になる。右眉を触れば、確かにそこに小さなくぼみがあるのだ。

ケガをしたのは夜遅い時間のことで、急患を受け付けてくれる近所の病院へと母は走った。幸い、切り傷以外には何事もなく済んだが、医師には「不注意では済まないですよ！　過失で刑事問題になる可能性もあるんだから！　しっかりしないとダメだよ」とさんざん叱られたそうだ。こんな風に、母の思い出には医者に叱られる場面がやたらと登場するのである。

近所の公園へ、私をベビーカーに乗せてよく出かけたらしい。当時その公園には遊具らしいものもなく、ただの広場という感じだったが、そこを駆けまわって遊んでいたそうだ。図書館にもよく行って、絵本や紙芝居を読み聞かせた。母はそのように寄る辺のない時間を私と二人で過ごしていた。その頃のことは私の記憶には残っていないのだが、高校生の頃、清澄白河あたりを自転車で走っていて、「あれ？　この辺に見覚えがあるような気がする！」とふいにペダルを漕ぐ足を止めたことがある。帰って母に聞いてみると、確かにその近くに私たちが住んでいたアパートがあったそうで、意識下の深いところには当時の風景の記憶が残っているのかもしれない。

私が一歳八ヶ月になった頃、父がそれまで勤めていた会社を辞め、独立することになった。それに伴って一家は中央区の人形町《にんぎょうちょう》へと転居した。父の仕事仲間で、人形町近くに事務所を構えていた人がいて、ちょうどいい物件があると不動産屋に口を利いてくれたそうだ。

古い木造建築の二階が、父の会社の事務所となり、同時に私たちの住まいとなった。父は呉服の卸売をしていて、畳の部屋には反物《たんもの》の在庫がしまわれていた。反物を巻くための「芯棒」と呼ばれる棒もたくさんあったから、私はそれでチャンバラごっこをして遊んだりしていたらしい。私の記憶はさらにその数年後、一家が隣町である浜町《はまちょう》のマンションに引っ越した後からようやく始まる。

思い悩むことも多かった育児の日々だが、それでもなんとか私は育っていった。二歳頃の私と母とにはお決まりのやり取りがあったそうだ。母が「ポケットには何が入っているかな？」と私に聞く、すると私は「ゆめときぼう！」と元気いっぱいに答える。どこでそんな言葉を覚えたのだろう。母がそう言うように私に教えただけだったのかもしれない。子ども心に、母を喜ばせようとしていたのか。

「ポケットをパンパンッて叩きながらいつも大きい声で『夢と希望！』って答えてくれたんだよ」と、私は今までも何度となく母からその話を聞かされてきたが、そのたびになぜか、母と私が大きな交差点の真ん中を、そんなやり取りを交わしながら歩いていく映像が思い浮かぶ。まるでドローンで撮ったような俯瞰の映像だから、もちろん現実にそんな場面を見たわけではない。母の話を繰り返し聞くうちにだんだんと頭の中に作られていったイメージなのだろう。多忙な父に頼ることができず、いきなり大都会に投げ出されて生活することになった母と私の頼りなげな姿が、なぜかありありと目に浮かぶような気がするのだ。

「たまにだったら」

「ありがとう。また連絡するわ」と母にメッセージを送ってスマートフォンをテーブルの上に置いた。私の近くでは、しばらく前から次男がニンテンドースイッチのコントローラーを握ってテレビ画面を熱心に眺めている。「お父さんが子どもの頃、『ポケットの中には夢と希望が入ってる』ってよく言ってたんだってさ」と、急に話しかけてみても子どもは当然なんのことだかわからず、「え。そうなんや」と、視線はテレビに向いたままだ。

多忙だった父とは違って私はいつも家でだらだらと仕事をしているから、子どもにとっては私がそばにいるのが当たり前のことだ。私はさらに話しかける。「お父さんが仕事でいつも家にいないのと、いつもいるのと、どっちがいい?」と、自分でもわけのわからないことを聞いてしまっていると思う。すると子どもはチャカチャカと器用にコントローラーの複数のボタンを押し替えながら、「うーん……わからん。いた方がいいけどなぁ、でもたまにだったらいなくていいで」と、面倒くさそうに言った。「たしかに。それぐらいがいいよな」と、笑いながら私は台所へ向かい、冷蔵庫のドアを開けて次の缶チューハイを取り出した。

18　目が覚めた時、横におってな

仕事の用で東京へ行ったついでに、八王子《はちおうじ》の美術館で開催されていた「かこさとしの世界展」を見た。二〇一八年に九十二歳で亡くなった絵本作家・かこさとしの回顧展で、『からすのパンやさん』や『だるまちゃん』シリーズの原画、絵本作家となる以前のスケッチなどが展示されている。子ども向けの演劇を上演する団体に関わったことをきっかけに絵本を描いていくようになったというかこさとしが、どんなことを考えながら制作に取り組んでいたかが伝わってくるように思えた。平日の昼間、会場はシーンと静かで、じっくりと時間をかけて見ていくことができた。

一九七五年に出版された『地球』という題名の絵本は、その名の通り、地球という星の成り立ちを子どもに伝えようと制作されたものだ。展示されていたその絵本の下絵を見ると、土から木が生えているということがどのようにして起こっているかを、土の下に根が長く伸び、その根が地下水を吸い上げている様子を描くことで表現していた。木々が森や山を構成し、地表や地中で生きる虫や動物がいて、空には鳥が飛んでいて……と、地球上の現象がそれ単独で起きているわけではないこと、様々な連鎖の中で発生していることをいかにわかりやすく描くかという部分で苦心していたことがうかがえるようなものだった。

また、かこさとしの絵本の中には、大勢の人が一つの場所にごちゃっと集まっている場面がよく登場する。一人一人の表情や姿や服装などが執念を感じるほどに細かく描き分けられている原画を見ていると、この世界には様々な人がそれぞれの感情や目的を持って存在しているということを、俯瞰の視点で伝えようとしていたんだなと感じた。

『からすのパンやさん』の原画も展示されていた。私や私の妹たちが幼い頃に母が繰り返し読んでくれたもので、私にとって絵本といえばまず最初に思い浮かぶほど大好きな一冊だ。この絵本が好きな人ならきっとみんな同じだと思うが、カラスたちが作った色々な形のパンがずらっと並ぶページがあって、そこがとにかく楽しくて仕方ない。「てんぐパン」だの「サボテンパン」だの、現実の世界では見たことのない妙なパンばっかりだが、どれもやけに美味しそうなのだ。母親が絵本を読み終えるとすぐに「もう一回！」と頼み、パンのページを開いてもらう。布団の上にうつぶせになって、妹たちと食い入るように眺める。鼻先がくっつくぐらいに近づいても紙の匂いしかしてこないのが不思議だった。

会場で絵本の原画の前に立って、ツヤツヤしたパンの表面をじっと見ていると、涙が出て視界がぼやけてきた。慌ててポケットの中からティッシュを取り出して目元を拭う。かこさとしはきっと、絵本を読んだ子どもたちがこれらのパンを見て「美味しそう！」と感じるようにと、祈るような気持ちで色を塗っていったのではないか。そしてその思いを、子どもだった私は確かに受け取っていた気がする。もちろん食べたことのない不思議な形のパンなのに、ふわふわとした歯ごたえまではっきりと頭の中に思い浮かんだ。こんなに見た目が楽しくて美味しそうなパンがたくさん存在する世界に自分は生きているんだと、当時ははっきりと言語化できていたわけではないけど、生まれてきたことを祝福されるような思いを、パンのツヤに感じ取っていた。

私はパンの絵に強く背中を押されるような思いで会場を出た。美術館から八王子駅までの道にはたくさんの通行人の姿があって、かこさとしならこの情景をどんな風に描いただろうと考えながら歩いた。

幼い頃に出会った物語

「かこさとし展、よかったよ」と母や妹たちとのグループLINEに感想を送ると、「絶対行くわ!」という返事が妹からあった後、昔好きだった絵本の話になった。作・松岡節、絵・末崎茂樹による『ぜんべいじいさんのいちご』という絵本も私たちのお気に入りで、何度も何度もリクエストして母に読んでもらった。

ぜんべいじいさんの畑に真っ赤ないちごが実って、それを動物たちが食べに来る。優しいぜんべいじいさんはみんなにいちごを分け与え、結局自分の手元に残ったのはたった一粒のいちごだった、というような話なのだが、この絵本に描かれたいちごがまた、『からすのパンやさん』のパンに負けず劣らず美味しそうなのだ。私はその絵を眺めては「いつかお腹いっぱいになるまでいちごを食べてみたい」と思ったものだが、その思いは妹も同じだったようで、やはり未だに覚えているという。四歳、五歳ぐらいに見た絵のことを数十年後の今でもはっきり思い出せるというのは、考えてみればすごいことだ。

うちの母は子どもたちにできるだけたくさんの絵本を読み聞かせようと努めていたらしく、近所の図書館で絵本を借りてきては寝る前に読んでくれた。紙芝居も同じように図書館で借りてきて、「はじまりはじまりー」と読み上げてくれた。その中にはすっかり忘れてしまったものも多いが、きっと無意識の海に溶け込んで、今も私の思考の一部になってくれているのではないかと思う。母は母で、「絵本を読んでと毎晩せがまれていた頃が懐かしいよ。そんな頃ってあっという間に過ぎてしまうんだよ」と、絵本の話からかつてのことを思い出しているようだった。

私の妻も母親が聞かせてくれたお話をよく覚えているという。だが、絵本よりもさらに面白かったのが「三ツ池の森のゆうこちゃん」という物語だった。この物語は妻の母の完全な創作で、三ツ池というのは大阪の豊中《とよなか》市に実際にある池の名らしい。妻の家族が昔その近くに住んでいたことがあったそうで、そこから取ったものだ。その池の脇の森にゆうこちゃんとひろこちゃんという魔法使いが住んでいて、その二人が毎回小さな冒険をするというような話の運びだった。

ゆうこちゃんとひろこちゃんは姉妹で、妻と妻の妹の当時の年齢とそれぞれちょうど同じという設定である。冒険の途中で、たとえば「目の前に二つの扉が現れました！　赤い扉と青い扉です。さあ、どっちを開けましょう」と、お話を聞いている妻たちが物語に直接参加できるような仕組みがあって、選択肢によって結末が変わっていくようになっていたという。妻は子どもの頃から絵を描くのが好きで、メモ帳に鉛筆で魔法使いのゆうこちゃんの絵を繰り返し描いていた時期があったそうだ。母が聞かせてくれた話がもとになっての二次創作というか、妻の頭の中にはその姿までがはっきり思い浮かんでいたのだ。

幼い頃に出会った物語のことを、どうやらみんなよく覚えているものらしい。そんな話がもっと聞きたくなって周りの友人たちにたずねてみると、家庭ごとに特色があってそれぞれに印象的だった。ある友人は、絵本はあまり読んでもらったことがなく、そのかわりに楽しみだったのが、おばあちゃんが聞かせてくれる昔話の「桃太郎」だったという。あの、誰もが知っている桃太郎である。友人もそのストーリー自体はもう知っていたが、おばあちゃんが話してくれる桃太郎は、毎回同じなのになぜかいつも面白かった。特に、桃が川を流れてくる時の「どんぶらこー！　どんぶらこー！」の部分が大好きだったそうだ。

また別の友人は、「くまのプーさん」の話をお母さんが聞かせてくれたのをよく覚えているという。ディズニーによってアニメ化されている『くまのプーさん』をベースとしながらも、話の内容は母のアドリブだった。登場するキャラクターたちは原作に忠実なのだが、ストーリー展開はなんだか変で面白く、最後は必ずプーさんが「プーッ」とおならをして終わるというものだったらしい。友人は子どもながらに「プーさんのプーはそっちじゃない」と思っていたが、今でも楽しい思い出として記憶に残っているそうだ。

妻も友人たちも、言葉は違えど、「なぜかよく覚えているんだけど」と、不思議がっているようだった。物語との出会いとは、それだけ鮮烈なものなのだろうか。あるいは誰かの声を通して語られたものだからこそ、いつまでも胸に残るのか……。

でたらめの中に思いを込めて

わが家の場合はどうだろうか。上の子が幼稚園に通っていた頃はさかんに絵本を読み聞かせていた記憶があるが、いつしか就寝時には電気を消して布団に入った後で私がお話を聞かせるようになった。

私の話は毎度でたらめで、妻の母の「三ツ池の森のゆうこちゃん」や、友人の母のオリジナル版「くまのプーさん」と同じく、その時の思いつきで話を進めていく。特に評判が良い話はシリーズ化され、「今日もあれの続き聞かせてな」とリクエストされるようになる。

たとえば「甘えんボーイズ」という話は、甘えん坊でお母さんが大好きな子どもたちが主人公のヒーローもので、敵が現れて窮地に立たされた時、お母さんにギュッと抱きしめてもらうと変身できるという設定だ。主人公たちは勉強も嫌いだし野菜も嫌いで、「宿題やりなさい!」とか「ピーマンも食べなさい!」と普段は叱られてばかりだが、いざという時はヒーローになってみんなを守る。私が適当に作った主題歌もあって、子どもたちは未だにその歌を覚えていて、たまに歌っている。

かこさとしの絵本をここで引き合いに出すのはあまりにおこがましいが、彼の絵本にこの世界に生きることを肯定された気がしたように、私の話の中にも、少しぐらい子どもたちが楽しくなるような要素を含ませたい。当初は「早く寝ろよ……」とばかり思いながら適当に聞かせていた話だったが、繰り返していくうちにそう考えるようになった。

敵にも必ずそっち側の論理があること、そいつが本当に悪いやつかどうかはわからないこと、戦わないで解決する方法だってあるかもしれないこと、いいこと、たまにすごくいいことがあったりしたかと思えば全然うまくいかないこともあるけど、すぐにあきらめないでなんとかやっていくとうまくいったりすること……そんな要素を行き当たりばったりの話の中に少しでも取り入れたい。もしかしたら、それが彼らが何かを考える上での素材の一かけらにでもなるかもしれない。

と、偉そうなことを言ってはいるが、私の話は本当に雑で、「今日はちょっと反応が薄いな」と感じれば急に空から大量のグミを降らせたり、聞いたこともないほどに未来的なおもちゃを無料で振る舞ってくれる謎のおじさんを出現させたりしてしまう。そんなズルのおかげもあってか、ある時期などは、息子たちに加えて、近所に住むいとこたちまでやってきてお話をリクエストされるようになった。息子二人だけならまだしも、いとこたちも含む五、六人の子どもたちが一斉に耳を傾けてくる中で即興話をするのはなかなかに緊張するものだ。焦ったあまりに無理矢理なストーリー展開になってしまったため、「何それ！」「もう終わり？」とブーイングを浴び、苦い思い出となった。

いつか懐かしく思い出されるのなら

今、私のお話を楽しみにしてくれているのは下の子ひとりだけになった。上の子は就寝時間になると「おやすみ」と自分の部屋に入って静かに眠るようになったが、下の子だけは眠る時間になると未だに「お話して」と言ってくる。下の子が寝るのは夜の九時とか十時とかで、私は家事や仕事をしている手を一旦止め、話を聞かせるために一緒に寝室へ行く。

息子の布団に一緒に入る。冬場はお互いの体をしっかりくっつけて、布団が温まるのを待つ。時おり、どちらかが冷たい足先を相手の足に当てては「つめたっ!」とふざけ合ったりもする。真っ暗な部屋で目を閉じ、「むかしむかし、あるところに」と私は語り始める。

最近のヒット作は「マッチ棒の棒太郎」というシリーズで、体がマッチ棒でできた「棒太郎」、爪楊枝でできた「楊太郎」などの仲間たちが一つの村に暮らしながら、季節ごとの行事を楽しんだり、村で起きた問題をみんなで解決したりする、というような話である。

一番新しい話では、棒太郎の住む村のみんながお金を出し合い、一緒に楽しく過ごせる場所を作ろうとする。住民それぞれに「こんな場所にしたい!」という思いがあって、「本棚を置いてマンガをずらっと並べよう!」とか「庭に露天風呂を作るのはどうだろう」とか、みんなで意見を出し合って理想の場を作っていくという内容だ。話を聞いていた下の子が「天井にテレビが映って、寝ながら見れるようにして欲しい」と口を挟めばそれも即座に採用する。聞き手を喜ばせるためのサービスは怠らないのだ。

目を閉じて話しながら、私のでたらめなお話が必要とされる時間は、きっともうそんなに長くはないだろうと考える。「つづく」で終わっていた物語はいつか唐突に終わりを迎え、その先が語られることはない。しかし、私が今でも『からすのパンやさん』や『ぜんべいじいさんのいちご』を思い起こすことができるように、何十年後かに「甘えんボーイズ」だの「マッチ棒の棒太郎」だのが息子によって思い出されることも、ひょっとしたらあるのかもしれない。思い出したからといって特に意味のある話ではないけど、誰かの声を聞きながら眠っていた頃が自分にもあったことが、その時、少しでも懐かしく思い出されるのならいいなと思う。

「そうして本当に素晴らしい最高の集合場所ができあがったのでしたー！　つづく」と、今日のお話はそれで終わった。私は仕事の続きを進めたいので、息子が眠りに落ちたらしいタイミングを見計らってそっと布団を出ようとする。

するると、「仕事するの?」と背後から息子の声がする。まだ起きていたらしい。「うん。もう少し仕事してくるよ」と答えると「あとでちゃんと一緒に寝ててな」と言う。「目が覚めた時、横におってな」「うん。目が覚めたら横にいるからね。おやすみ」と私は小さな声で言い、足音を立てないように寝室を出る。

19　カエルを探して山を眺める

見返したいビデオテープがある。そこには父方の祖父の弟である寛吾《かんご》さんがビデオカメラで撮影した映像が収められている。山形にある父の実家の様子が断片的に映っていて、私の両親、私や妹、親戚たちの姿もある。私はまだ小学校の三年生か四年生か、そんな幼さだ。三十年以上も前に撮られたもので、法事でもあったのだろう、親戚が大勢集まった数日間が記録されている。

夜、広い畳敷きの部屋で宴会が開かれ、まだ若い父が、同じように若い親戚たちと酒を飲んでいる。祖父や祖母がまだ元気だった頃だ。その脇で、山形のいとこたち、私や妹がはしゃいでいる。

急に映像が切り替わり、翌日なのか、外が明るくなっている。父の実家の目の前の道路が映り、はっぴを着たいとこがそこを笑いながら歩いてくる。村の小さなお祭りの風景だ。

元の映像をＶＨＳのビデオテープにダビングしたものを私の実家用に一本もらった。うちの母はなんでも捨てずに取っておきたいタイプだから、きっと今もあるはずだ。

私がそのビデオテープを最後に再生したのはいつだっただろうか。実家のVHSデッキがDVDやブルーレイディスクのレコーダーに置き換わってだいぶ経つから、ひょっとしたらもう十年以上も前になるのかもしれない。しかし不思議なもので、いくつかの映像は私の頭の中にはっきりと記憶され、すぐに思い浮かべることができる。

古いカメラで撮ったものだから映り方も不鮮明で、それぞれの場面はほんの数十秒程度なのだが、幻のように消えてしまったかつての時間が、そこには確かに切り取られていたのである。

懐かしい車窓からの風景

先日、かなり久々に山形に行ってきた。父方の祖父、祖母の法事が目的だった。用がなくてもできれば一年か二年に一度ぐらいは行きたいのだが、新型コロナウイルスが流行して以来、それは容易なことではなくなった。

私は大阪にいて、両親や妹たちは東京に住んでいる。どちらも都会であり、そこから山形の親戚の元へ行くということは向こうのリスクになりかねない。実際、山形の親戚たちとたまに連絡を取り合うことがあると、会話の締めは「コロナが落ち着いたらまた来てな」というものであり、それは裏返してみれば、ウイルスのことがなんとかならない限り、山形には行けないということを意味するのであった。

コロナ禍、子どもが生まれて間もない私の友人が、彼の住まいのある千葉から妻の実家のある長野に里帰りをしたという話を聞いた。感染の危険性を少しでも回避するため、友人は自家用車を運転し、ほぼ誰とも接触せずに長野へ向かったそうだ。

山奥にある実家に着くと、家の前に停めた車を物置のある裏手へ移動するように言われた。関東ナンバーの車が家の前に停まっているのが見つかると、地域の人々からつまはじきにされかねないというのだ。

赤ちゃんを親に見せることはできたが、近所を出歩くこともできず、家の中で大きな声で笑うのにも気を遣うような時間だったという。

そのような厳しさは、都会からの距離があればあるほど増すだろう。感染者数がそもそも少なく、また、地域の人々がお互いをよく知っているような場にあっては、うかつなことが許されない緊張感が常にうっすらと漂っているはずだ。

今回、山形の親戚たちから「気にせずに来ていいから」というような連絡があり、もちろんすごく嬉しかったが、ずっと不安も感じていた。法事の時期が近づく中、毎日のニュースで報道される感染者数は増えつつあり、親戚たちが直前になって「やっぱりしばらく見送ろう」という判断をしてもおかしくなかった。実際に行くことができた場合を想像してみても、数日後に誰かの具合が悪くなって……というようになれば、それはそれで迷惑をかけないだろうかと思ってしまう。

「本当に行けるのかな。というか、行っていいんだろうか」「まあとにかく、その時の状況で判断しよう」と母と連絡を取り合いながら過ごし、ついに出発の日が近づいてきた。

大阪から私が一人、東京からは父と母の二人。合計三名で参加することにした。私が東京へ行き、東京駅で両親と合流して山形新幹線に乗る。ここ数年、遠くに感じていた山形だが、新幹線にさえ乗ってしまえば三時間もせずに着いてしまう。

山形新幹線は在来線の線路を利用したミニ新幹線だから、車輌内には中央の通路を挟んで二席ずつが配置されている。窓側に母、そのすぐ隣に私が座り、通路の向こうに父がいる。

福島駅を過ぎて山形県に入って行くと、窓の外は徐々に懐かしさを覚える風景になっていく。田んぼが広がり、向こうに山並みが見える。

「こういう景色を見ると山形に来たんだなと思うよ」と母がつぶやき、私も窓の外をずっと眺めながら「うんうん」とうなずく。反対側にいる父は、各座席のラックに置かれた無料の冊子を取り出して開き、そこに視線を落としている。

米沢駅を過ぎた新幹線がいくつかのトンネルを立て続けに抜け、急に見晴らしのきく高台に出たと思うと、下の方に小さな湖が見える。赤湯《あかゆ》という地域の近くにある湖で、脇には「白竜湖《はくりゅう》」と書かれた看板が立っている。私は新幹線の窓からこの湖が見える瞬間がとても好きで、「ああ、本当に山形に来たんだな」といつも思う。母と二人で「ほら！　白竜湖」「ああ、本当だ」と色めき立つ。その湖を通り過ぎれば、もう間もなく山形駅に着くのだ。

会わなかった時間に

山形駅の改札を出た私たちが真っ先に向かったのは、駅の通路に設けられた新型コロナウイルスの無料検査場だ。帰省者向けに開設されたのだそうで、親戚たちからも「念のため、駅に着いたらここで検査を受けて欲しい」と言われていた。

検査スタッフの指示に従い、父、母、私の順に列に並ぶ。「もしここで陽性だったらどうすればいいんだろう」と私が言うと、父が振り返り、「陽性の人は残念ながらここで脱落。強制送還です」と笑う。「でも誰か一人が陽性だったらその時点で三人とも脱落だよ」「ああ、そうか」と話しながら、山形駅の構内でこんな検査を受けるなんて、なんと不思議なことだろうかと思う。

しばらくして私たちの順番が来て、説明された通りに検査キットを使って結果が出るまで十五分ほど待った。じりじりするような、なんとも重苦しい時間である。あくまで簡易的な抗原検査ではあったが、私たち三人はみな陰性と判定され、証明書をもらってようやく駅の外に出た。

ロータリーのベンチに座って母の姉の夫、善實《よしみ》さんを待つ。車で迎えに来てくれるという。久しぶりの再会だから、もしかしたらずいぶん歳をとった姿で現れるかもしれない。近づいてくる車の運転席に視線を向けるのがちょっと怖いような気持ちで「この車じゃないな。これも違う」と何台も見送る。

しばらくして母が「あ、あれだ。来たよ」と立ち上がる。私は母が手を振った方を見てホッとする。善實さんは前に会った時と変わらず、日焼けした上半身にがっしりと筋肉がついていて元気そうだった。

両親と善實さんとの会話を聞きながら、後部座席に座り、私は懐かしい景色を眺めまわす。ああ、どこまでも山形だ。駅前を離れたらすぐ隙間の多い街並みになり、道路沿いにはチェーン店の大型店舗が立ち並び、田んぼが見え始めたと思ったら山がグッと近づいている。

まず向かったのは善實さんと私の母の姉の浩子さんが二人で暮らしている一軒家だ。市街地から少し離れたのどかな地域で、家の目の前は田んぼ。裏庭では善實さんが世話をしているミニトマト、ピーマン、ナス、ネギといった野菜が育つ。建物は私の物心がついて以来ほとんど変わっていなくて、その隅々を眺めるだけで色々な記憶がわき起こってくるように感じる。

マスクを取って大きく息を吸い込むと懐かしい匂いがして、「ああ、これだ」と思う。この空気だけはやはり、山形に来なければ感じることができない。何がどうと詳しく説明することはできない、少し潤んだような、深みのある空気なのだ。

「こんにちはー!」と言いながら玄関の引き戸を開けると、浩子さんの姿が見えた。浩子さんは、私の母の体に乳がんが発見されたのとそれほど変わらない時期に同じようにがんが見つかり、しばらくは抗がん剤治療による体調の変化に苦しんだと聞いていた。母より四歳年上だから、もう七十六歳になるはずだ。善實さんに会う時に緊張したのと同じように、久々に会う浩子さんがげっそりとやつれていたらどうしようと思っていたが、浩子さんもまた、前に会ったのと変わらぬ姿に見える。「新幹線、混んでねっけ？」「そんなに混んでねっけ。んでも駅の抗原検査場は結構人が並んでだっけよ」と、浩子さんと会話する母の言葉は一瞬で山形弁に切り替わっている。

その後ろから顔を見せたのは、私のいとこである真也君と妻の美代さん、二人の娘である日和《ひより》ちゃんと小夏ちゃんである。善實さんや浩子さんがあまり変わっていなくてホッとしたのとは違い、二人の娘さんは驚くほどに大人っぽくなっている。

長女の日和ちゃんは大学生で、次女の小夏ちゃんはもう高校生になったという。たしか、前に会った時はまだ小さい二人が、最近習っているというフラダンスを可愛い姿で踊ってくれたような、そんな気がするのだが、まるでそれが夢かと思うほどに大人びた二人が目の前にいる。

日和ちゃんは大学院への進学試験を控えた時期で、本来ならこうして遠くから来た私たちに会うのは控えた方がいいのだろうが、お互いマスクをして少しの時間だけならばと、わざわざ来てくれたらしかった。私が日頃書いている文章を読んでくれているそうで、何冊かの本を持ってきて「サインお願いします！『日和ちゃんへ』って名前も入れてね」という。照れながらサインを書いて、一緒に写真を撮る。

居間のテーブルの周りにみんなで座り、善實さんや真也君と瓶ビールをグラスに注ぎあって乾杯をした。裏の畑で育ったトマトと、山のふもとにある畑から善實さんが取ってきた枝豆をおつまみにする。枝豆の味が驚くほど濃くて、美味しくてありがたくて、涙が出そうになる。

山形に来ることのできなかった数年のうちに日和ちゃんは成人していて、お酒も飲めるようになったという。日和ちゃんのグラスにも少しだけビールを注ぎ、乾杯させてもらう。記憶の中ではまだまだ幼かったはずの人と、こうしてグラスをカチンと鳴らしている。

故郷ってなんだろう

一時間ほど過ごし、車で父の実家へと送ってもらった。山のふもとにある父の実家へと続くいつも通りの道を車は走る。しかし、その先に見えてくるのは初めて見る建物だった。私が幼い頃から何度も父に連れられていった実家は三年前に建て替えられて、すっかり新しくなった。父の兄夫婦と、その息子で、実家を引き継いだ私のいとこの健太君一家がお互い住みやすいようにと、一から設計して作り直したのである。

父も母も私も、新しくなった建物を見るのは初めてだった。たしかに前と同じ場所に建っているのに、当然ながらすっかり違った雰囲気になっている。少し離れた場所からその家を眺めた父は、「ずいぶんすごいな」と小さくつぶやき、それ以上は何も言わなかった。

盆栽の鉢植えが置かれていた軒先はすっかり整理され、かつて鯉が飼われていた池も今は平らな地面だ。以前の実家であればガラガラと大きな音のなる引き戸を開けて「どうもー！」と言いながら玄関に入っていくのだったが、インターホンのボタンを押し、落ち着いた茶色の、大きくて綺麗なドアが開かれるのを待つ。父の兄である孝さんが「おお、どうもな」と顔を出した。建物の中も真新しく、キッチンもリビングもとても綺麗だ。

孝さんに自分の部屋へと案内してもらった。田んぼが見える窓際に机があり、そこにパソコンが置かれている。「ここが俺の部屋ね。一人でウイスキー飲んでよ、ここで韓流ドラマを見るのが一番の楽しみなんだず」と孝さんが言うと、父が「ああ、そう。すみっこぐらしだな」と返す。わが家の子どもたちも大好きだった「すみっコぐらし」というキャラクターのファンシーな絵柄と、孝さんの暮らしのギャップが面白くて思わず笑ってしまう。

私たちが居間のソファに座って一休みしている間に、親戚たちがぽつぽつと集まってくる。その後に神主さんが乗った車がやってきて、ほどなくして法事が始まった。父の実家は神道なので、神主さんが祝詞《のりと》をあげる。それが終わると、親族が一人ずつ、「玉串《たまぐし》」と呼ばれる榊《さかき》の枝を神前に捧げていく。

神前での儀式が一通り終わったら、家から車で数分の場所にある山際の墓地にお参りに行く。その道の途中にはかつて「お茶部屋」という名前の売店があって、いとこたちと一緒にお菓子やジュースを買いに行った。建物は残っているが、店を閉めて以来、売店のシャッターは降りたままだ。山の斜面にソリ滑りをしに行くのにも、森の中の沢に遊びに行くのにも通った懐かしい道を、久々にまた歩いている。

墓前でも神主さんが祝詞をあげ、私たちは頭を下げてそれを聞く。父方の先祖代々の墓は山肌を平らにならしたような場所にある。我々の頭のすぐ上までうっそうと茂った木々が日陰を作り、足元からは湿った土の匂いがする。

さっきからずっと近くを飛び回っていたアブが健太君のズボンにとまり、その母の英子《ひでこ》さんが手のひらでぴしゃっと叩く。それでもアブはまだ生きていて、よろよろと土の上を動いている。私はそれをじっと見つめながら、神主さんの祝詞を、音楽のように聞いている。ゆっくり近づいてきたアブを父の妹の純子さんが靴で踏んづけてとどめをさした。

法事は終わりとなり、親戚一同は再び実家へと戻っていく。山からなだらかに下っていく帰り道の、真っ直ぐ先には山形駅周辺の市街地のビルが見える。さっきまで私たちがいた辺りだ。

私の近くを、前方を眺めながら父がゆっくりと歩いている。父にとって山形とは、故郷とはなんなのだろうか。それは実家の建物があった場所を指すのだろうか、それともここから見える景色を意味するのだろうか。

なんでこんなに恋しいのだろう

一休みした後、家の前の広く作られたカースペースにいとこや私たちの手でブルーシートを敷き、机や椅子を運んでオープンエアの宴会場を作った。そんなことをして近所の目は大丈夫なのだろうかと思ったが、孝さんが「夜は花火を見ながらバーベキューだからな」と、前々からそのように計画をしていたらしかった。その日はちょうど山形の花火大会の日で、市街地近くの公園から花火が打ち上げられるらしかった。

焼き台は健太君が担当し、そこから次々に肉や野菜が運ばれてくる。孝さんはビールをいいペースで飲みながら「とりあえず無事に法事ができてよかった」と話す。こうしてお互い元気で会えて本当によかった。さっきまで明るかった空が気づけばすっかり暗くなり、七時になると花火が上がり始めた。

父がふと、「前の法事はいつだった？　寛吾さんもいたっけか？」と名前を出した。ビデオカメラでかつての親戚たちの姿を撮った、あの寛吾さんだ。すると孝さんが「寛吾さん、亡くなったんだず。しばらく介護施設に入ってたっけのがよ、亡くなりましたって。去年ハガキで知らされてきだんだっけ」という。私はその事実を知らずにいたので、「えっ！　そうなの？」と思わず声を出した。知らなかったのは父も同じで、「そうか……」と言ったまましばらく黙ってしまった。

寛吾さんは横浜の方に住んでいて、私は盆や正月に山形で何度か会っただけだが、穏やかで優しい印象で、好きだった。もう九十歳は越えていたはずだ。だいぶ昔にすでにビデオカメラを持っていたことにも表れている通り、趣味人で、俳句を詠んだりもしていたらしい。私が文筆業をしていることに興味を持って、渡した本を読んでくれたこともあった。もっと色々話してみたかったと、あまりに今さら過ぎることを思いながら、私はぼーっと遠くの花火を眺めた。ここから打ち上げ会場まではだいぶ距離があるから、音はほとんど届いてこない。ただ静かに、赤や緑の光が、一瞬だけ強く輝いては消えていく。

その夜は真新しい居間に布団を敷いてもらって眠ることになった。早くも大きないびきをかき始めた父の横で、しばらく眠れずに考えをめぐらせた。

私はなんでこんなにも山形が恋しいのだろうか。長く過ごしたわけではないし、それほどあちこちを観光してまわったこともない。ひょっとしたらここが山形でない別の土地だったとしても、それでいいのかもしれない。たまたま両親の故郷があり、親戚たちが多くいるという場所。

子どもの頃から何度もこの場所に来て、かつて元気に動き回っていた人たちが年老いて、いなくなってしまうのを見てきた。行くたびに新しい親戚が増え、まだ幼かったはずのその人たちが大人になっていくのも見た。時の流れが、音も立てずに、しかしとんでもなく大きな力で、あらゆるものを変化させていく。厳しい自然の中で生きる人々がその破壊力に圧倒されながらも神々しさを見出すように、私はこの強烈な時間の流れを感じたくて山形に来るのかもしれない。

翌日、あまり長居しても迷惑だからと、午前中に出発することにした。再び迎えに来てくれた善實さんの車に乗り、父の実家を背にして走っていく。フロントガラスの向こうの蔵王の山々を私は眺める。

たしか山の連なりの一つに山肌がカエルの形に禿げた低山があって、その部分にだけ雪が残ったら田植えの時期なのだと、父に教わったことがある。不思議とそこだけは昔からその形のままで、ずっと変わらないらしい。

カエルは山形弁で「べっき」と言い、べっきの形に禿げた土地だから「べっきぱげ」と呼ばれてきたとか。「べっきぱげ。べっきぱげ」、そのリズミカルな言葉を頭の中で繰り返しながら、私はその変わらぬ形を探そうと視線をめぐらせた。

20 ちぐはぐなリズムの寝息

夜中、私が眠れずに居間でテレビを見ていると、ガサガサと音が聞こえてくる。次男の強いリクエストに応じて飼うことになったハムスターの「チョコ」が重たそうな体を引きずるようにして巣箱から出てきて、ペーパーマットが敷き詰められたケージの中を歩いている。私はそれを上から覗き込み「チョコ。チョコ」と名前を呼び、そっと首の後ろを指で撫でる。チョコは水を飲み、少し歩き、また巣に戻っていく。

飼い始めてからもうすぐ三年になろうとするチョコは、最近、めっきり足腰が弱くなった。前足は今も力強く動くのだが、後ろ足がくたびれてきたようで、バランスを崩してよく転ぶ。寿命は二年ほどと聞いていたから、こうなるぐらいに歳を取ったということなんだろう。じっと眠っているだけの時間も増えた。

わが家では、ペットショップで買ってきたケージと巣箱をパイプで繋げてチョコの住まいにしていた。巣箱にはあらかじめ、ハムスターが巣作りをするのに適した形にカットされた段ボールが収められている。ケージの方は食事や水飲みの場であり、トイレや砂遊び用のケースなども置いてある。

巣から出てきたチョコはパイプを通り、食べ物を口いっぱいに詰めては巣に持ち帰る。それが終わったらまた出てきて水を飲み、運動をして、トイレに入る。元気な頃のチョコはそうやって四六時中動き回っていたが、ある時からその移動にずいぶん苦労するようになった。

そこで妻が仕事場で使っていたプラスチック製の収納ケースを再利用してケージ代わりにし、移動にあまり苦労しないようなバリアフリーの住環境を作った。住まいの変化に少しとまどった様子を見せたチョコも、すぐに慣れたようだった。

チョコが元気そうに見える時は、ケージから「おさんぽサークル」という組み立て式の柵の中に移す。「ゴールデンハムスターも安心の高さ！」とパッケージに書いてある、高さ三十センチの柵だが、若き日のチョコは軽々と上まで登り、外へ出てしまったものだ。今はその柵に囲われた中を、おぼつかない足取りで、よたよたと歩いている。

「いつか」の旅

先日、静岡県の初島《はつしま》に旅行に出かけた。前々から計画を立てていたもので、両親と、私と妹たちのそれぞれの家族も参加した、総勢十三名の大人数の旅だ。私たち家族は大阪から、両親や妹たちは東京から熱海駅に集まり、タクシーで船着き場まで。そこからフェリーに乗り、熱海市に属する離島である初島へ向かう。

初島を目的地に定めたのは父の意向で、以前、仕事仲間たちと何度かその島へ旅行をしたことがあって、いい思い出になっているらしかった。とにかく海の幸が美味しいんだと、父から直接聞いたこともあった。

「いつかみんなで行けたらいいね」と、言葉には何度もしてきたが、全員の都合を合わせ、新幹線のきっぷ、宿や食事を手配して、と、実行に移すまでが大変だ。何年も前から「いつか行こう」と言いつつ、計画を立てるところまで話が進まず、そうしているうちにコロナの世の中となった。

今回の旅行は、感染者数の増加の波が何度もきたあと、ようやく少し世の中のムードが平穏になってきたようなタイミングで、いよいよ妹たちが立ち上がって計画を進めたものだった。コロナ禍の心細さの中で、親戚が一堂に会することなどもうできないかもしれないと度々思わされたがゆえのことだったろう。

そういった日々を経て実現した初島旅行で、とにかく当日までみんな体調を崩すことなく、旅行中、何事もなく終われればもうそれだけでいいと思っていた。しかし驚いたことに、数日前に太平洋の南で発生した熱帯低気圧が出発前夜のタイミングで台風へと発達し、まさに静岡に接近してきていた。天気予報を見て、私たち家族の間の悪さに思わず笑ってしまったほどだったが、「初島へ向かうフェリーが出航するかどうかわからないらしい。困った」と母からLINEのメッセージが来て、本当に気持ちが沈んだ。

スマートフォンで台風の進路を調べている私のすぐ近くでは、明日から始まる旅に持っていくものを次男がリュックサックにせっせと詰め込んでいる。「島までのフェリーが出ないかもしれないってさ」と私が声を出すと次男は「えっ」と驚いて手を止め、泣き出しそうな表情を浮かべた。私は慌てて「いや、でも、たぶん大丈夫らしい」と、適当なことを言ってしまう。船が出るかどうかは明日の朝にならないとわからないそうで、とりあえずは予定通り新幹線に乗って熱海駅まで向かってみることになった。

少し早めに着いた私たち家族四人は東京から来るみんなを待ちながら熱海駅前の商店街を散策した。アーケードの下に土産物屋や飲食店、饅頭を売る店などが並ぶのを眺めて歩き、それでもまだ時間があったので駅前の広場に作られた足湯に浸かる。

次男が不安そうに「じいじたち、来れるやんな?」と言い、妻がそれに対して「熱海までは大丈夫やろ。フェリーはわからんけど、そしたらそしたで、その時や」と答える。最近熱心にバスケットボールの練習をしている長男は、LINEで知らされてくるチームメイトの様子が気になっているようで、ずっとスマートフォンに目をやっている。旅行の日程とバスケットボールチームの合宿がちょうど重なっていて、「どっちも行きたいねんなー」と、長男は後ろ髪を引かれながらここへ来ていた。

足湯から出て見上げた空は厚い雲に覆われ、少し前から降り出した雨が徐々にその強さを増している。それでも母からは「今のところ船は出るらしい」とメッセージが来ていた。

フェリーで味わう人生の荒波

しばらくして、東京からやってきた両親、上の妹夫婦とその長女と長男、下の妹夫婦とその長女と駅前で無事に合流することができた。改めてなかなかの大人数だと思う。最近グッと背が伸びて妻の身長を抜かしたわが家の長男を見て、私の妹が「えー！　またおっきくなったねー！」と声を上げる。長男は照れたような顔をする。

「みなさん、本日は足元の悪い中、お集まりいただきまして、ありがとうございます」と父が大げさに挨拶をし始めるのを聞いてみんなが笑う。「では、これから船着き場に向かいますので、よろしく」と、タクシーに分乗して船着き場まで向かう。

母から聞いていた通り、熱海港と初島を結ぶ高速船は今のところ運航しており、初島まで三十分ほどで着くという。その日の午後の便のいくつかは欠航になったと後で知ったから、ギリギリ滑り込んだという感じだったようである。

出航できたのはよかったのだが、すでに台風が近づいて海は時化《しけ》ており、甲板には激しい雨が斜めに降り注ぎ、当然ながら船は激しく揺れた。船に乗り込んだ当初こそ嬉しそうにいとこたちとはしゃぎ回っていたわが家の次男もすぐに船酔いしたらしく、青い顔をしてベンチにじっと座り込んでいる。

デッキの外側に張り巡らされた柵に近づき、スマートフォンを高く掲げて海を撮影しようとした私は、強い揺れによろめいた。「ぼーっとしてたら落ちんで」と妻が言う。

この状況がまるで出来過ぎた比喩のように思え、「人生の荒波って感じだね」と、デッキの柱をしっかり摑んで体を支えながら私は言う。強い風の音にその声はかき消され、隣に立っている妻は「え？　何？　なんて？」と聞き返す。「人生の荒波をー！　船に揺られてー！　まあ、いいわ。なんでもない！」さっき出てきたばかりの熱海港はもう真っ白な視界の果てに消えそうである。荒れた海を、揺れながら進む船。そこに私たち家族が乗っている。父と母が手すりにつかまって並んで立っているのを、少し離れた場所から心細い気持ちで私は眺めている。

旅に先立って下の妹からしっかり人数分がわざわざ郵送されてきていた「旅のしおり」と題された手作りの冊子には、今回の旅行に際しての「父からの一言」という一文が書き記されていた。

「山形から来た二人から、十三人に増えました。ケガ、飲み過ぎなどなく楽しい旅でありますことを願っております」と、ある。たったそれだけの言葉だが、そこには父なりに自分の人生を振り返るまなざしが感じられた。

父が山形から東京に出てきて五十年以上の時が経った。父や母にとってそれは向こう見ずな冒険旅行のようなものでもあったかもしれない。私が私として日々感じる悩みや不安が同じように若き父や母にもあった。時には絶望したり、自分の意志を曲げざるを得なかったり、どうにもならないことをどうにか諦めたりして、私と同じように生きてきたんだろうと、揺れる甲板で見る父と母は、なぜかいつもより私自身と重なって感じられるのだった。

家族はほのぼのしていない

船が初島港に着き、港の食堂で慌ただしく遅めの昼食を済ませ、送迎バスでホテルへ向かった。大きくて頑丈そうな作りのホテルで、これからどんどん近づいてくるらしい台風も、ここなら大丈夫だろうと思えた。館内には売店があり、カラオケルームやゲームコーナーもある。子どもたちはお互いの部屋を行ったり来たりして、それだけで十分楽しそうである。二泊三日の旅程だが、そもそもあまり予定を作らずのんびり過ごすことになっていた。父と母のいる部屋を集合スペースと定め、事前に買ってあった酒やつまみをテーブルに並べた。島の名産の焼き海苔があり、せんべいやポテトチップスがあり、誰かが昼間に食べ残したおにぎりがあり、「夜中に小腹がすくかもしれないし」と母が買ったカップラーメンが三つも積み上げてある。

私たちがいるのは二十畳もあろうかという広いリビングスペースで、大きな窓の向こうは海だ。夜だし、おまけに台風が近づいているから何も見えないが、いつもと違う場にいるということに少し高揚する。

上の妹の夫も、下の妹の夫も、ありがたいことに私の父に遅くまで付き合って酒を飲んでくれるような人たちで、飲みの相手が何人も揃っていることが父にとっても嬉しいようだった。

テーブルに向かって座り、ひっきりなしにグラスを傾ける者もいれば、そこから少し離れたソファに座って静かにその様子を眺めている者もいる。さらに離れた場所ではわが家の子どもたちと上の妹の子どもたちがニンテンドースイッチを持ち寄って遊び、その脇を、下の妹の二歳になる娘が走り過ぎていく。最近めっきり思春期っぽく無口になったわが家の長男も、自分より年下のいとこたちのことは可愛くて仕方ないらしく、久々に見るような楽しそうな顔をしている。椅子の数が足りなくて、私は一つの椅子に妻とギュウギュウになって座っている。その狭さがかえって心地よかった。

友人から家族に関する話を聞いたり、家族をテーマにした小説やエッセイや論考を読むことが増えるごとに、家族というものを簡単に語れない気持ちが強くなっていく。特に思うのは、家族が呪縛になっているケースの多さとその深刻さである。

親からの過剰な束縛に苦しみ、しかし子どもとしてそれに従わねばならず（できれば親の考えに従ってあげたいという子どもならではの思いもあるだろう）、自分の思いを心の中に閉じ込める。それが自分の気持ちを常に抑圧し、ある時、強い憎しみとなって現れることもある。親は親で自分の抑圧的な振る舞いを「子どもを思ってのこと」と考えていて、つまり、良かれと思ってやっていることが多いから余計に難しい。

つい先日も、父を亡くした母が自分に強く依存してくるようになったという友人の悩みを聞いたばかりだし、親が新興宗教を熱心に信仰し、その強い影響を受ける「宗教二世」の人生の困難さのことも、最近特に考えることが多くなった。「家族って全然〝ほのぼの〟で済むようなものじゃないよな」と思う。

私の家族はどうなんだろうか、と、芋焼酎のロックをちびちびとすすりながら考える。今のところ、お互いがお互いの意志を尊重し合えるような関係性ではある気がしているが、それは私がそう見たがっているだけかもしれない。また、たとえ今は安定した関係だったとしても、それがふとしたことで破綻してしまう可能性は十分ある。そんなことをぼんやり考えながら、でもとりあえず今、このホテルの部屋に流れている時間をできるだけ覚えておきたいと思う。

山形に親戚たちが集まって宴会をしていた、あの時の雰囲気が、束の間ここに生まれている気がした。私があの楽しげな雰囲気を未だに忘れずにいるように、幼い子どもたちも今日のことを思い出すことがあるだろうか。

「地球を釣る」

三日間の旅程の中で、カラオケで両親が『川の流れのように』をデュエットしたり、ゲームコーナーのＵＦＯキャッチャーで母が嘘のようにいくつものぬいぐるみをゲットしたり、台風の去った後にみんなで島の灯台まで散歩したりした。私も妹たちもとにかくせっせと写真を撮って、きっと貴重なものになるであろうこの旅の断片を少しでも残しておこうとしていた。

「こんな風にみんなで旅行できることも、きっとそうそうないからねぇ」と、旅の途中、母は何度もつぶやいていた。母は七十二歳、父は七十三歳。二人とも幸いまだ元気で、仕事をしたり、好きな場所に歩いていったり、あれこれ食べたり飲んだりできるが、それは今、たまたま状況に恵まれているからこそだ。数年前に母にがんが見つかったことや、コロナのことや、父や母と歳の近い知り合いたちが少しずつ病気に倒れたり、亡くなってしまったりしてきたことが、この今がずっと続くわけではないと、私たちに強く感じさせた。

最終日はすっかり晴天となり、強い日差しが降り注いで汗をかくほどだった。帰りの船を待つまでの間、港で釣竿をレンタルしてみんなで釣りをした。子どもたちが次々と上手に魚を釣るのに対し、私は全然だめで、「今だ！」と思って竿を勢いよく上げると針が岩に引っかかってしまったようだ。

どうしていいかわからずにいる私のもとへ父が来て、「根がかりしたんだ。地球を釣るって言うんだよ」と、私の手から竿を受け取り、左右にクイッと引っ張って外してくれるのだった。小学生の頃、隅田川でハゼを釣って遊んだ時のことを思い出す。私は生餌を釣り針につけるのにも釣った魚を触るのにも怖気づき、同じように父に手伝ってもらった。背伸びして大人の気分になっているだけで、私自身がまだまだ子どもでしかないのだと、そう思う瞬間がいまだによくある。

帰りの船からの眺めは行きと打って変わって爽快なものだった。行きの船では荒天のために立ち入りが禁止されていた屋上の展望デッキに出ると、前方に少しずつ近づいてくる熱海港やその周囲が遠く見渡せた。快晴の空を、カモメが船を追いかけるように飛んでいて、乗客が投げたエサを上手にキャッチしている。

柵につかまって覗き込んだ海面には柵に沿って並ぶ私や父や子どもたちの影が映っていて、

それに気づいた私が「ほら、影！」と言うと、父が「おーい」と手をあげ、自分で自分の影に呼びかける。私も子どもたちもそれを真似して手を振った。

「またじいじたちと同じ島に行きたい。学校、嫌や」と帰りの新幹線の座席で早くも次男が繰り返している。前の席には妻と長男が並んで座っていて、妻は眠り、長男はスマートフォンのゲームに熱中しているようだ。

「また行けるかなー。どうかな」と私は缶チューハイを飲みながら次男に向かって言う。「なんで？　行けるやろ」「だってみんな歳をとるしさ。いつまで元気かわかんないよ」と言うと「元気やろ！　そんなん言わんといて！　悲しくなるからそういう話せんといて」と、次男の声は大きくなる。泣くのをこらえているような顔を見て、すぐに後悔する。私はいつも後ろ向きなことばかり言ってしまう。

なぜこの人たちと、一緒にいるんだろう

夜中、眠れない私がパソコンに向かっていると、ケージの方から音がして、チョコが姿を見せた。名前を呼び、おやつがわりにあげることにしている「およろこビーフ」という小さくカットされたキューブを顔に近づけてみる。チョコは口先と前足を突き出し、それをもぐもぐと頬張った。同じものをもう一粒あげた後、右手でその体をそっと摑み、巣箱の方へ運んでやる。私の指先からチョコの体温と、ドッドッドッという素早い心臓の鼓動が伝わってくる。

チョコは「よっこいしょ」という声が聞こえてきそうなゆっくりとした動きで巣箱まで歩いていった。私が与えたおやつのキューブを口から取り出し、巣箱の中の、食料保管庫のようにしている一角に器用に置く。巣箱の中には、老いたチョコがそれでも毎日少しずつペーパーマットを口で運んで作った、自分なりに落ち着くらしい空間がある。頼りなく見える今を、チョコも私も、私たち家族もせっせと生きていくのだ、と思う。


寝室の戸を開けると、真っ暗な視界の先に、寝相の悪い次男が私の布団に対して真横になって眠っているのが見える。いつの間にかだいぶ大きくなったその体をなんとか少しだけ動かし、横に並んで一つの掛け布団の下に収まった。次男のさらにその少し向こうには長男と妻が寝ていて、目を閉じていると、三人の寝息がちぐはぐなリズムで繰り返されるのが意識され始める。

なぜこの人たちと、こうして一緒にいるんだろう。「だって家族だから」という、答えにならない答えしか、私にはない。近くにいる理由も、こんなに近くにいてもそれぞれが別々の人間だということも、ずっと考えているのにやっぱり全然わからない。

ただ、とにかく、私はこの人たちのことが好きである。ここにいない家族や親戚たちのことも私は好きで、そう思えていることが私の頼りない今を支えてくれている気がする。

ふと、帰りの船の上で見た光景が脳裏に浮かんだ。父が海に向かって手を振り、私や子どもたちの影がその横に並んでいた。今はこの面々で同じ船に乗っていて、その顔ぶれはどんどん変化していく。船を降りていく人がいて、また新たに乗ってくる誰かもいるかもしれない。父も母も私も、この船からいなくなって、でも、私たちが手を振ったのと同じように、いつか誰かが自分の影に向かって手を振ったりすることがあるだろう。祖父や祖母や、その何人も前の人たちと、私は自分でそうと知らずに、同じことを喜んだり、同じことに落ち込んだりして、知らず知らずのうちに重なったりしているのだろう。

「みんな元気でいてくれ。今度また一緒に集まって乾杯でもしよう」と、頭の中で呼びかけながら、眠気が訪れるのを待つことにした。

あとがき

最近、妻が車を運転するようになった。現在、中学二年生の長男のためである。長男は今も彼なりにバスケットボールを頑張っていて、練習や試合が行われる場所は私たちの住まいから遠いことが多い。チームに入った当初は電車を使って送り迎えしていたが、他のチームメイトの保護者はほとんど車を使っており、妻もそれにならって車に乗り始めたのだ。

私も妻も若い頃に運転免許証を取ったものの、その後まったく車に乗る機会がなく、ペーパードライバーとなっていた。こうして二人とも運転に縁のない一生を過ごしていくものと思っていたが、妻は気合を入れて教習所の講習に通い始め、その後、実際に長男を車に乗せていくようになった。最初はおそるおそるという感じだったようだが、徐々に慣れてきて、今では運転が楽しくなっているほどだという。

そして先日、私が誕生日を迎えたこともあり、家族みんなで車に乗ってしゃぶしゃぶ食べ放題が売りのファミレスへ行くことになった。運転席に妻、助手席に次男が乗り、私は後部座席に座る。道の途中で塾帰りの長男をピックアップして、車内には家族四人が揃った。すでに何度か妻の車に乗っている息子たちは慣れた様子で、それぞれ熱心にスマートフォンをいじってゲームか何かをしているようだった。ハンドルを握った妻は一人前の雰囲気を後ろ姿に漂わせ、こともなげに運転を続けている。

私はその様子をぼーっと眺めながら、しみじみと不思議な感覚を味わっていた。まさか四人で車に乗ってどこかへ向かう日が来るなどとは思わなかった。窓の外を大阪の夜の景色が流れていく。東京で育って、ふとした拍子に大阪にやって来て、今こうして車に乗っている。十年前には考えもしなかった状況の中に、当たり前のように自分がいる。私がのろのろしているうちにも物事はどんどん変化していて、いつもふと、気づけば周りのすべてが変わっていることに驚いてばかりいる。

家族をテーマにした文章を一冊の本にするなどということもまた、かつての自分には想像もできないことだった。

その後、東京にいる父も母も変わらず元気にしていて、二人の妹とその家族もみな、特に大きな問題もなく過ごしている。しかし、確実に時間は経っていて、少し前に生まれたばかりだと思っていた下の妹の娘も三歳になった。久々に会ったら意外なほどに流暢に言葉を話すようになっていて、頭を撫でたら「ちょっとー！　なにするのよー」と大人っぽい口調であしらわれて驚いたりした。妻が熱心に応援している宝塚歌劇団の天路そらさんも退団が決まり、先日、最後の舞台を無事に終えた。私は小学五年生になった次男とまだ一つの布団で寝ている（寝る前の即興話もまだしている）が、次男は「そろそろ一人で寝たい」と妻に漏らしているそうだ。

様々なことが変わり続けている中で、私たちの家族もまた、変化していくだろう。数年後には長男が一人暮らしを始めたりして、そうなれば毎日のように顔を合わせていた日々が懐かしく思い出されることになるのかもしれない。思いがけないことをきっかけに家族が形を変え、気づけばそれぞれ遠いどこかにいることだってあるだろう。

家族で一つの車に乗ってしゃぶしゃぶを食べに行ったことも、父と母の出会いの記憶や妹たちや山形の親戚たちのことなども、こうしてここに書き留めなければただ消えていくだけだったろう。

もちろん、この本に書けたことは自分が触れた世界のほんの一部だし、書くことによってむしろ、取るに足らな過ぎて書かなかったことや、そもそも自分の記憶からこぼれ落ちていることなど、文章にできたことの外にある膨大な時間が存在感を増したように思える。書くまでもなかったことや、忘れてしまうようなささいな日々にこそ、家族の本当の姿があったようにすら思えてくる。

たまたま自分に与えられた家族が自分にとってどのような存在だったのか、簡潔に言い切ることは結局できなかったし、時間をかけて考えてみても、やっぱりわからないままだった。ただ、家族とはいえそれぞれに独立した人間であり、お互いを知り尽くすことなどできないということ、時間の流れは留めようがなく、ひとところに居続けられないことなど、当然過ぎることの広がりを前にして、私は悔し紛れに小石を投げたようなものかもしれない。しかし、少なくとも、一瞬だけは私の目の前に小さな波紋が広がっていった気がした。

『小説新潮』連載時の担当で、いつも私の拙い原稿に対して丁寧な意見をくださった大嶋麻友子さん、書籍化にあたって細かな部分までアドバイスをしてくれた島崎恵さんに感謝したい。また、この本に登場してもらった私の家族や友人たちにも心の底からお礼を言いたい。

いつもありがとうございます。

二〇二三年八月　スズキナオ

本書は『小説新潮』(二〇二一年四月号~二〇二二年十二月号)に連載された「家族が一番わからない」を加筆・修正したものです。

本書の感想をぜひお寄せください

スズキナオ
1979年東京生まれ、大阪在住のフリーライター。

ウェブサイト『デイリーポータルZ』などを中心に散歩コラムを執筆中。

著書に『深夜高速バスに100回ぐらい乗ってわかったこと』『遅く起きた日曜日にいつもの自分じゃないほうを選ぶ』(以上スタンド・ブックス)、『関西酒場のろのろ日記』(ele-king books)、『酒ともやしと横になる私』(シカク出版)、『「それから」の大阪』(集英社新書)など。

酒場ライター・パリッコとの共著に『椅子さえあればどこでも酒場 チェアリング入門』(ele-king books)などがある。

JASRAC 出 2307203-301

思《おも》い出《だ》せない思《おも》い出《で》たちが僕《ぼく》らを家族《かぞく》にしてくれる

発　行　2023年11月15日

著　者　スズキナオ

発行者　佐藤隆信
発行所　株式会社新潮社
〒162-8711　東京都新宿区矢来町71
電話　編集部　03-3266-5611
読者係　03-3266-5111
https://www.shinchosha.co.jp

装　幀　新潮社装幀室
組　版　新潮社デジタル編集支援室
印刷所　株式会社三秀舎
製本所　加藤製本株式会社

ISBN978-4-10-355361-8 C0095